오늘의 세리머니

오늘의 세리머니

조우리 장편소설

위즈덤하우스

※

차례

1   도선미

"답답하지 않아요?"

그렇게 살면.

도선미는 자신을 향한 질문에 생략된 말을 알아챘다. 기시감 때문이었다. 그런 질문을 자주 받았다. 단짝이라 생각했던 친구와의 하굣길에, 면접장의 면접관으로부터. 어쩌다 만난 사람부터 선미를 낳고 기른 부모까지. 저마다 다른 상황에서 선미를 알게 된 사람들이 선미에게 비슷한 질문을 할 때가 있었다.

왜 그렇게 답답하게 굴어?

답답하다는 생각은 안 했나요?

넌 답답하지도 않니?

그때마다 선미의 대답도 비슷했다. 잘 모르겠는데요.

하지만 이번엔 뭔가 달랐다. 선미는 그 사람을 보았다. 질문을 한 사람, 채은경은 대답을 재촉하지 않겠다는 듯 다 비우지 않은 제 잔에 새 맥주를 따랐다.

그렇게 따르면 거품만 가득할 텐데.

걱정스럽게 바라보던 선미는 맥주병과 유리잔을 나눠 든 은경의 두 손이 미약하게 떨리는 순간을 목격했다. 아무렇지 않은 듯, 덤덤하게만 보이는 은경도 사실은 긴장한 것이다. 선미처럼. 그 모습이 귀엽다고 생각하자 피식 웃음이 났고, 알 수밖에 없었다. 지금까지 받았던 질문들과 은경의 질문은 다르구나. 은경은 묻는 것이 아니라 동의를 구하고 있었다. 그렇다면 대답은 정해져 있었다. 선미는 은경을 처음 만난 날부터 이런 순간이 올지도 모른다고 기대했던 자신을 깨달았다.

두 사람은 원형 테이블의 4시 방향과 8시 방향에 각각 앉아 있었다. 그래서 선미는 은경의 한쪽 옆얼굴과 다른 쪽 얼굴의 일부만 볼 수 있었다. 은경의 얼굴을 똑바로 마주 보고 싶었다. 가능하다면 더 가까이에서. 그러지 못한 아쉬움에 입술이 마르고 심장이 불규칙하게 뛰기 시작했다. 하마터면 은경의 얼굴을 향해 손을 뻗을 뻔했다.

아무래도 여기서는 좀 곤란하지.

선미는 주변을 둘러보며 정신을 차리려 노력했다. 은경의 송별 회식 자리였다. 사라져가는 지역 방언을 연구하는 대학원생 채은경은 지난 3개월 동안 도선미가 근무하는 하주시청 문화예술과의 구술 조사 사업에 참여했다. 그 최종 결과물인 《하주 방언 구술 조사 자료집》이 며칠 전 발간되었고, 축하 겸 은경의 송별회로 마련된 회식이었다. 원형 테이블 다섯 개가 전부인 작은 가게 안을 가득 메운 사람들은 모두 선미의 동료인 문화예술과 직원들이었다.

과장은 거나하게 취해서 연신 건배를 외쳐댔다. 얼굴이 벌겋게 달아오른 직원 몇이 그 옆에서 잔을 부딪치며 비위를 맞췄다. 불판 위의 냉동 삼겹살이 익기 무섭게 집게로 집어 먹는 사람이 있었고, 누군가 스테인리스 컵을 바닥에 떨어뜨려서 땡땡 땡그르르 요란한 소리가 났다. 그런 소란 속에서도 식당 주인은 카운터 안쪽에 앉아 꾸벅꾸벅 졸고 있었고, 그의 어린 딸이 그 옆에서 휴대폰으로 영어 동요 동영상을 보았다. 이따금 '헬로', '땡큐' 같은 단어가 발랄한 멜로디와 함께 들려왔다. 선미는 자신의 대답을 기다리고 있는 은경을 의식했다.

그러니까 정말 여기서?

그야말로 난장판, 지금껏 연애는커녕 자신의 마음을 제대로 고백해본 적도 없는 도선미에게는 다소 가혹한 환경이었다. 사랑에 대한 환상을 늘 품고 살진 않았어도 낭만적인 장면 몇 개는 그려왔다. 귓가에 종소리가 울리고 눈앞에 무지갯빛 필터가 씌워지는 것 따위를 바란 건 아니지만 그래도 이건 좀 심하잖아. 심지어 같은 테이블에 앉은 직원이 깍두기가 담긴 반찬 그릇을 들고 후루룩 깍두기 국물을 마시기까지 했다. 오, 제발.

하지만 낭만을 따지다가 지금이 지나면 다음은 없을지도 모른다. 선미는 은경의 발치에 놓인 백팩으로 시선을 옮겼다. 그 안에는 은경의 짐이 들어 있다. 하주시청 3층 문화예술과 사무실 한쪽에 임시로 마련했던 은경의 책상에 있던 모든 물건들이. 이대로 저 가방을 들고 은경이 떠나면 다시는 은경을 만날 일이 없을 것이다. 선미는 용기를 내기로 했다.

"여기 좀 답답하네요."

나갈까요? 같이.

좋아요.

하지 않은 말을 들을 수 있는, 두 사람. 그 순간에 낭만은 충분했다. 다른 조건은 필요하지 않았다.

은경이 백팩을 메고 자리에서 일어섰다. 그리고 선미에게 손을 내밀었다. 선미가 그 손을 잡았다. 두 사람은 아무도 모르게 그 자리를 벗어났다.

"언니는 정말 내가 처음이에요?"

버스로 다섯 정거장 정도의 거리를 걷는 동안, 은경이 선미를 부르는 호칭은 '도 주사님'에서 '언니'가 되었다. 밤공기가 제법 쌀쌀하다는 핑계로 팔짱도 꼈다. 선미보다 키가 한 뼘쯤 더 큰 은경이 매달리듯 몸을 밀착해온 순간부터, 선미는 진실만을 말하는 마법에 걸린 사람처럼 은경이 하는 질문에 순순히 대답하고 있었다.

사실 할 수만 있다면 서른두 살 도선미의 인생을 총망라한 보고서라도 써서 제출하고 싶었다. 그래서 은경에게 이해받고 해석되고 싶었다.

도선미는 보수적인 개신교 가정에서 태어나 유년기는 물론이고 청소년기 대부분을 지역 교회의 촘촘한 관계망 안에서 보냈다. 선미와 가족들이 속한 교회 공동체는 성경에 대한 경직된 해석을 추앙하는 목사가 이끌었다. 그들은 같은 신앙을 가진 '한 식구'에게 한없이 자애로웠지만 동시에 서로를 단죄할 기회를 놓치지 않았다. 외부인은 물론이고 공동체 바깥으로 쫓겨난, 한때의 식구들까지 철저히 배척했다. 선미는 그들을 사랑하고 두려워하면서 자랐다.

하지만 버려질지 모른다는 두려움도, 기도와 노래로 외우던 사랑도 자기 자신에 대한 깨달음을 막을 수는 없었다. 선미는 고등학교에 진학할 무렵 자신이 레즈비언이라는 걸 인정했다. 그리고 동시에 앞으로 어떻게 살아갈지 결정했다. 오랫동안 이어진 고민에 대한 답은 대단하지 않았다. 그냥 혼자만 알고 있기로 했다. 오직 혼자서만. 죽을 때까지 철저하게 자신을 숨기고 짝사랑조차 드러내지 않으면서. 그래서 영영 아무도 모르도록. 선미의 가족과 가족처럼 지내는 모든 사람이 동성애를 죄라고 믿었다. 하지만 저지르지 않은 죄는 죄가 아닐 테니까, 모두가 안전했다. 그것이 선미의 믿음이었다.

순조로웠다. 미련하고 요령이 없는, 답답할 정도로 순진한 우리 딸. 우리의 딸. 가족과 교회 공동체의 다정한 염려 속에서 선미는 고등학교를 졸업하고 성인이 되었다. 대학에 진학하지 않고 교회에서 약간의 월급을 받고 사무를 보았다. 신실한 청년이라는 여러 남자들을 소개받았다. 선미는 거절하지 않았다. 그저 순응했다. 주어진 상황에 따르면 자신의 믿음을 증명할 수 있으리라 여겼다. 완벽하게 해냈다고, 앞으로도 그럴 수 있으리라고 생각했다.

어리석게도.

아무리 힘주어 눈을 감아도, 눈꺼풀 밖의 빛이 사라지진 않는다. 어둠 너머에서 일렁이는 빛을 언제까지나 무시할 수도 없다. 선미는 자신이 어리석었다는 걸 어처구니없을 정도로 간단하게 깨달았다. 고요한 수면에 파문을 일으키는 건 작은 티끌 하나로도 충분했다.

"합격하면 여길 떠날 수 있어."

깊숙이 땅을 파고 어둠 속에 안온한 은신처를 만든 선미에게 바깥에서 새어 드는 한 줄기 빛을 보여준 건 사촌 언니였다. 일찍부터 가족과 교회의 울타리를 떠나 서울로 대학을 갔을 뿐만 아니라 완강한 반대에도 불구하고 유학을 위해 출국할 준비를 마친 사촌 언니. 언니는 마지막으로 가족들의 얼굴을 보러 왔다가 여권을 찢기고 뺨을 맞았다.

"이럴 줄 알았어. 알면서도 왔어. 이제 속이 시원해."

선미는 언니를 밤새 감시하라는 명령을 받고 옆자리에 누워 있었다. 언니는 웃었다. 여권 따위 다시 만들면 그만이라고. 하나도 무섭지 않다고. 그리고 선미에게 공무원 시험을 보라고 말했다.

"이 지역 공무원이 되면 써먹을 일이 많을 테니까 다들 도와줄 거야. 꼭 한 번에 붙어야 해. 그런 각오로 공부를 해. 준비가 되면 접수할 때 여기서 제일 먼 곳을 써. 그리고 거기로 떠나. 거기서 살아."

다시는 돌아오지 마. 나처럼.

언니의 마지막 말은 귀가 아닌 마음으로 들었다. 그래서 선

미는 눈을 꼭 감고 깊이 잠든 척, 언니가 방 밖으로 나가기를
기다렸다.

그 모든 시간을 말할 수는 없었다. 선미는 은경에게 단숨에
이해받고 싶은 동시에 모든 걸 영영 감추고 싶었다. 처음이었
으니까. 자신에게 감히, 이런 기회가 올 거라고 상상하지 못했
으니까. 자신이 느끼는 감정이 얼마나 놀라운지 두서없이 쏟
아내고 싶었고, 그래서 더 조심해야 한다고 애써 생각했다. 할
수 있는 말이 없어서 그저 단순한 대답만 하면서 웃었다.

처음이에요, 정말요.

"이게 첫 연애, 내가 첫 애인."

"맞아요."

"그럼 처음을 다 나랑 하는 거네요?"

"그렇죠."

보폭을 맞춰 걷던 은경이 우뚝 멈춰 섰다. 자연스레 선미도
따라 걸음을 멈췄다. 선미가 은경을 올려다보기 위해 고개를
들었을 때, 은경의 얼굴은 벌써 다가와 있었다.

"이게 첫 키스."

은경이 그 말을 하고 나서 두 입술이 닿았는지, 아니면 닿았
던 입술이 떨어지고 나서 선미가 그 말을 들은 건지 확실하지
않았다. 다만 키스와 함께 온몸에 오소소 돋은 소름이 쉽게 가

라앉지 않았다는 것만은 분명했다.

은경과의 키스는 좋았다. 서로를 더 알고 싶어서 가빠지는 숨소리가 둘 사이에 오갔다. 이렇게 좋은 걸 안 하고 살려고 했다니. 후회가 될 지경이었다. 하지만 호흡을 위해 잠시 떨어졌던 은경의 입술이 다시 다가왔을 때, 선미는 고개를 돌려 피해버렸다.

"왜?"

은경이 속삭이듯 물었고 선미는 스스로도 이유를 몰라 도리질했다. 그 모습을 수줍어하는 것으로 이해한 은경이 선미의 손을 잡고 손등에 입을 맞췄다. 선미도 은경을 따라 은경의 손등에 입을 맞췄다. 두 사람은 터져 나오는 웃음을 막지 못했다. 그리고 다시 걸었다. 아까보다 조금 더 무겁게, 서로에게 기댄 채로.

기차역에서 막차를 타는 은경을 배웅하고 혼자 집으로 향하는 길에 선미는 떨어지는 빗방울을 맞았다. 불 꺼진 잡화점 입구 처마에서 비를 피하며 은경에게 메시지를 보냈다. 벌써 보고 싶다고. 다음에 만나면 더 많은 이야기를 하고 싶다고. 그때 잡화점 안쪽에서 불이 켜졌다. 창백한 형광등의 빛. 너무도 현실적인 그 빛은 구름 위를 나는 것만 같았던 선미를 순식간에 바닥으로 끌어 내렸다. 갑자기, 비에 젖은 몸이 차갑게 식는 것이 느껴졌다. 선미의 두 발은 땅을 딛고 있었다. 곧이어 유리문이 열리고, 어딘가 낯익은 얼굴의 잡화점 주인이 선미에게 비닐우산을 건넸다.

"시청 주사님이죠? 우리 아들도 시청에서 일해요."

선미가 우산 값을 주겠다고 하자 잡화점 주인은 손사래를 치며 얼른 유리문을 닫았다. 다시 잡화점의 불이 꺼지고 사방은 온통 어둡고 고요했다. 어둠 속에서 어느새 세차진 빗소리만이 울렸다.

선미는 잡화점 처마를 벗어났다. 우산은 그냥 든 채로, 펼쳐 쓰지 않은 채로. 은경의 답장이 도착했는지 주머니 속 휴대폰이 진동했다. 걸음이 점점 빨라졌다. 하지만 선미가 아무리 빠르게 걸어도 하주를 벗어날 수는 없었다. 일반행정직 지방공무원 도선미의 근무지인 하주시. 출근길에 재채기만 한번 해도 반나절이면 "도 주사, 감기 걸렸다며?"라는 말을 스무 번은 들을 수 있는 곳. 가로수 잎사귀마다 눈이 달리고 골목길 담벼락에도 귀가 달렸다는 말이 농담으로 들리지 않는 곳. 앞으로 정년퇴직까지 30년은 더 일해야 하는 곳. 은경과의 첫 만남부터 첫 키스까지 모든 순간의 배경이 바로 이 하주였다. 그 사실들이 쏟아지는 빗줄기처럼 선미에게로 퍼부어졌다.

선미는 방금 전까지 자신이 은경과 함께 걸었던 길을 떠올렸다. 그 길에 정말 아무도 없었는지 확신할 수 없었다. 도로를 달려간 자동차는 누가 운전했지? 불 꺼진 건물 안엔 누가 살고 있지? 내가 무슨 말을 했지? 얼마나 크게? 어디까지 들리게? 도대체 무슨 짓을…….

선미는 계단을 내달리듯 뛰어올라 낡은 연립 주택 3층의 월셋집으로 들어갔다. 문이 닫히자마자 그대로 현관에 무너지듯 주저앉았다. 비를 맞아 체온이 떨어져서인지 두려움 때문인지 몸이 덜덜 떨렸다. 두려움. 그 단어가 머릿속을 가득 메웠다. 은경과 입을 맞춘 순간 소름이 돋았던 것도 설렘이 아니라 두려움 때문일지 몰랐다. 그리고 잠시 떨어졌다가 다시 다가오는 얼굴을 밀어냈을 때 들은 말.

왜?

그건 이유를 묻는 질문이 아니었다. 항의였다. 눈앞에 쭉 뻗은 길이 보이는데 돌아가라는 안내판을 본 사람처럼, 약간의 짜증이 섞인 항의. 그걸 깨닫자 선미는 은경과의 이별이 어떤 모습일지 이미 겪은 것만 같았다.

주머니 속에서 다시 진동이 울렸다. 서울에 도착했다는 은경의 전화였다. 하주에서 서울까지는 무궁화호 열차를 타고 한 시간 40분. 서울엔 비가 내리지 않는다고 했다. 은경과 몇

마디를 주고받는 사이 거짓말처럼 떨림이 멈추고 소름도 가라앉았다. 선미는 자리에서 일어나 집 안으로 들어갔다. 젖은 옷을 벗었다.

감기 몸살로 이틀간 병가를 내고 복귀한 도선미의 책상에는 영양제와 건강 보조 식품이 잔뜩 놓여 있었다. 팀장은 직접 담갔다는 유자청을 커다란 유리 단지에 가득 채워 건네기까지 했다. 얼른 한잔 마셔보라는 성화에 선미는 탕비실로 가서 전기 포트에 물을 끓였다. 탕비실까지 따라와 그 모습을 지켜보던 팀장이 심상한 목소리로 물었다.

"근데 자기야, 회식하다 말고 왜 기차역까지 가서 비를 맞고 있었어?"

선미는 알 수 있었다. 사무실 안의 모든 귀가 이쪽을 향해 열려 있다는 것을. 소문은 빛처럼 빠르고 가십이 곧 평판이 되는 조직이었다. 팀장은 지난해 초등학교에 입학한 쌍둥이 남매가 늦게까지 잠을 자지 않는다는 이유로 현관 밖으로 쫓아냈다가 인사과장에게 불려가 면담을 했다. 그 뒤로 자신이 아동 학대를 하지 않았을 뿐만 아니라 스트레스를 다스리지 못하는 미숙한 워킹맘이 아니라는 걸 증명하기 위해 주말마다 야외 나들이를 다니며 화목한 가정을 연출하느라 피로해 보였다. 선미는 침착하게 준비한 대답을 했다.

"채은경 선생님이 좀 취하셨는데 혼자 보내면 막차 시간 놓칠까 봐 같이 가드렸어요. 과장님께 허락받고 갔는데……."

"그래? 과장님은 왜 그 얘길 안 하셨대."

"과장님 그날 엄청 취하셨잖아요."

"선미 주사님이 고생 많으셨네요."

"채 선생은 하루 자고 가도 될 걸 기어이 막차를 타고 갈 건 뭐래."

"팀장님 댁에서 재우시게요?"

"안 될 거 있나?"

"서울에서 와서 그런가, 좀 새침했잖아요."

어느새 탕비실에 모여들어 한마디씩 거드는 직원들에게 선미는 따뜻한 유자차를 한 잔씩 돌렸다. 그리고 다시는 하주에서 은경을 만나는 일은 없으리라고 다짐했다. 금요일이었다. 선미는 퇴근 후 곧바로 기차역으로 가서 서울로 가는 열차에 몸을 실을 계획을 세웠다. 서울역엔 은경이 마중 나와 있을 것이다. 그 모습을 상상하자 금세 기분이 좋아졌다.

직원들은 더 이상 흥밋거리를 찾지 못하고 흩어졌다. 각자의 책상으로 돌아가 매일 그랬듯 지루한 표정으로 모니터를 바라보았다. 오직 선미만이 평소와 달랐다. 키보드를 두드리는 손가락이 가벼웠다. 의식하지 않으면 자꾸만 입꼬리가 올라갔다. 턱을 괴는 척하며 손으로 입가를 가렸다. 별다를 것도 없는 문서 창을 띄워놓고 심각한 표정으로 노려보았다. 시간이 너무 느리게 흘렀다.

"따로 들은 얘기라도 있어?"

"네?"

옆자리 동료가 불쑥 선미 쪽으로 의자를 밀며 다가왔다. 선미가 놀라서 되묻자 조용히 하라며 목소리를 더 낮췄다.

"곧 인사 발령이잖아. 귀띔받은 게 있어서 그렇게 고민 많은 얼굴인 거 아냐?"

"아뇨, 아니에요. 저 아는 거 없어요."

"그래?"

동료는 의심을 거두지 않은 눈빛으로 선미를 바라보았다. 선미는 정말 모른다는 뜻으로 고개를 힘껏 저었다.

"정말로요."

"알았어, 믿을게."

말과는 달리 떨떠름한 표정으로 제자리로 돌아가는 동료를 보며 선미는 쓰게 웃었다. 문화예술과는 시청의 유력 부서는 아니었다. 시립 미술관, 박물관, 문화 예술 회관의 운영을 관리하고 정부에서 지시가 내려오는 문화 연구 사업을 수행하는 게 업무의 대부분이었다. 큰 사건, 사고가 없어 지루하리만치 편하기도 했지만 그만큼 인사 고과에 반영될 만한 활약도 어려웠다. 그 점이 선미에겐 오히려 더 좋았다.

선미는 일반행정직 9급으로 신규 임용된 뒤로 한동안 주민센터에서 민원만 담당했다. 연차가 쌓이면 구청이든 시청이든 '위'로 이동할 수 있을 줄 알았는데 여기저기 옮겨 다니며 '최전선'으로만 발령이 났다. 지방직 공무원에게 가장 중요한 건 인맥과 눈치라는 걸 몰랐던 시절엔 그저 때가 아니라고만 생각하며 열심히 일했다. 그러다 보면 언젠가 인정받을 수 있을 거라고 믿었다. 하지만 같은 시기에 임용된 동기가 수도사업소에 발령이 났다가 하루 만에 정정 발령으로 시청 기획조정실로 들어간 이유가 '성골'이기 때문이었단 걸 알고 나자 모든 의욕이 사라졌다. 하주에서 태어나 하주초등학교, 하주중학교, 하주고등학교를 나온 하주의 자식들과 갑자기 굴러들어온 외지인은 아무리 노력해도 똑같은 취급을 받을 수 없었다. 선미에게는 시 의원과 호형호제하는 아버지도, 시청에서 오래 근무한 친척이나 학교 동문 선배도 없었으니까.

그나마 다행인 점은 시간이 흐르면 호봉이 쌓이고 어느 정도까지는 직급이 올라간다는 거였다. 7년간 주민센터에 이어 수도사업소, 차량등록사업소, 보건소 등을 전전하며 어느덧 7급이 된 도선미는 드디어 시청 문화예술과로 발령을 받을 수 있었다. 선미는 더 이상을 바라지 않았다. 가능하다면 오래 이곳에 있고 싶었다. 특별히 뛰어나거나 남달리 못나지 않도록 주의를 기울였다. 그냥 보통의 존재로 눈에 띄지 않고 조용히 버티려 했다. 그건 업무 능력뿐만 아니라 사적인 영역에서도 마찬가지였다. 한 번이라도 구설수에 올라 주목을 받으면 정년퇴직을 하거나 의원면직을 할 때까지, 아니 그 이후에도 영원히 떨어지지 않는 꼬리표가 되는 것이 당연한 조직이었다. 선미는 당장 머릿속에 떠오르는 몇몇 사람의 얼굴과 그들에게 따라붙는 말들을 상기하며 몸서리를 쳤다.

지방공무원의 폐쇄적인 조직 문화가 맞지 않는다며 떠나는 사람들도 많았다. 하지만 선미에겐 이곳뿐이었다. 이곳에 적응하는 것만으로도 이미 최선을 다해서 다시 새로운 노력을 할 엄두가 나지 않았다. 또 다른 곳에서 그곳의 규칙을 배우기 위해 애쓰고 그럼에도 불구하고 기대만큼 인정받지 못하는 경험을 하고 싶지 않았다. 이제 겨우 익숙해진 이곳에 기어이 자리 잡고 싶었다. 예측할 수 있는 위험은 대비할 수 있다고 생각했다.

드르륵, 책상 위에 올려두었던 휴대폰이 진동했다. 은경의 메시지였다. 선미에게는 그 알림이 마치 경고처럼 느껴졌다.

시청에서 같이 일하던 외부인과 연애를 시작한 공무원이라니. 말을 옮기는 사람들의 빛나는 눈동자와 바쁘게 움직이는 입이 뻔히 그려졌다. 바람 부는 들판에 불길이 번져가듯 소문은 걷잡을 수 없이 퍼질 것이다. 게다가 소문 속 두 주인공이 모두 여자라면? 자신들이 예측하지 못한 변수를 위험으로 인지할 사람들의 얼굴을 안 봐도 알 수 있었다.

선미는 휴대폰의 전원을 껐다. 액정을 톡톡 건드려도 아무런 반응이 없는 안전한 검은 화면 속에 안심하지 못하고 불안한 표정을 짓고 있는 자신이 비쳐 보였다.

"중학교 3학년 때였나? 미술 시간에 초상화 그리기 수업을 했어. 두 명씩 짝을 지어서 서로 얼굴을 그려주는 거야. 내 짝이 된 애는 별로 친하지도 않았는데 한 시간 동안 계속 개 얼굴을 쳐다봐서 그런가, 그날 밤 꿈에 개가 나왔어. 근데 개랑 나랑 뽀뽀를 하는 거야."

은경은 그날 자신이 레즈비언이라는 걸 알았다고 했다. 알고 나니 자신의 삶 곳곳에는 이미 충분한 징후가 있었고, 그것에 대해 골똘히 생각하다 보니 하나의 결론밖엔 나오지 않았다고. 선미는 그 명쾌한 긍정의 이야기를 들으며 아이스크림을 먹었다. 은경이 자주 찾는다는 학교 앞 카페는 바닐라 아이스크림 위에 에스프레소를 뿌려서 먹는 아포가토가 대표 메뉴였다. 커피를 즐기지 않는 선미는 아이스크림만 먹고 작은 잔에 따로 담긴 에스프레소는 은경이 자신의 카페라테에 부었다.

"그다음부터 아침에 학교 가려고 문을 열면 숨이 턱 막히는 거야. 답답해서."

은경은 외동딸로 어릴 때부터 혼자 쓰는 방이 있었다. 한글을 일찍 뗀 은경은 하루 대부분의 시간을 제 방에서 책을 읽으며 보냈다. 때로는 해가 지는 줄도 모르고 등을 켜지 않은 채 책을 읽기도 해서 시력이 빠르게 나빠졌고, 초등학교에 입학하는 날 안경을 맞췄다. 싱글 침대, 책상, 의자, 책장에 꽂힌 아주 많은 책이 있는 은경의 방은 은경의 세계였다. 은경은 그곳에서 편안했다. 그건 자신이 레즈비언이라는 것을 알고 나서도 달라지지 않았다. 은경은 자신의 세계와 불화하지 않았다.

하지만 방문을 열고 거실로 나왔을 때, 이어서 현관문을 열고 집 밖으로 나섰을 때, 익숙한 거리를 걸어 교문을 통과할 때, 교실 문을 열고 친구들의 인사를 받으며 제자리를 찾아 앉을 때, 그리고 방금까지 자신이 지나온 모든 문들에 대해 다시 생각할 때. 은경은 마치 누군가 억지로 입을 틀어막은 듯한 답답함을 느꼈다. 평소와 같이 목 끝까지 채워 잠근 교복 셔츠의 가장 마지막 단추를 급하게 풀고 책상에 엎드려서 소리 죽여 울었다.

"벽장에 들어간다고 표현하잖아, 흔히들. 그 말을 들으면 아주 좁은 곳에 틀어박혀 숨어 있는 모습을 떠올렸거든. 그런데 아니더라고. 온 세상이 답답한 벽장이 된다는 소리였어. 나한테만."

선미는 은경이 선미를 위해서라는 이유로 이젠 그저 과거가 되어버린 날들을 이야기한다는 걸 알았다. 은경은 스무 살이 되는 생일에 부모에게 커밍아웃했고, 은경의 표현에 따르자면 '기세에 눌린' 부모는 딸을 받아들였다. 만나는 모든 이들에게 정체성을 밝히는 오픈리 레즈비언으로 살진 않았지만 가까운 이들은 은경이 어떤 사람인지 제대로 알고 있었고 레즈비언 친구들과 레즈비언 커뮤니티를 만들었다. 그렇게 이곳저곳에 자신의 방을 늘려나갔다. 은경은 선미를 친구들에게 소개하고 싶어 했다. 레즈비언만 출입 가능한 클럽에서 생일 파티를 하고, 여자와 연애하는 여자들끼리 모였을 때만 할 수 있는 농담으로 웃고 떠들며 시간을 보내려 했다. 그 계획과 초대를 선미가 승낙하지 않는다는 사실에 은경이 안타까움을 느낀다는 것도 선미는 잘 알았다.

왜?

은경은 문을 열 때마다 답답함을 느낀다고 했지만 선미는 아니었다. 선미는 문을 열 때 후련함을 느꼈다. 오로지 자신에게 골몰할 수밖에 없는 혼자만의 공간에서가 아니라 다른 사람들 사이에 섞일 때 마음이 편했다. 모두가 저마다의 방식으로 다르게 살아간다는 것. 그 틈에서 선미 자신도 살아가고 있다는 것. 스스로를 책임지는 성인으로서 주거와 숙식을 해결하고, 사회인으로서 직장에 출근을 하고 주어진 업무를 수행하면서 하루를 살아내는 것. 그렇게 모인 하루들로 삶을 꾸리는 것. 그거면 충분했다.

그럼 나는?

은경이 묻는다면 선미는 기꺼이 대답할 수 있었다. 과분하지. 그러니까 더는 욕심내지 않고, 위험이 발생할 수 있는 모든 가능성으로부터 최대한 멀어지고 싶어.

"나중에 가자, 나중에."

은경은 서운함을 감추지 못하면서도 선미의 뜻에 따랐다. 두 사람은 주말마다 만났다. 선미가 금요일 밤이나 토요일 아침 서울역에 도착하면 역 근처 식당에서 밥을 먹고 은경이 미리 찾아둔 분위기 좋은 카페에 갔다. 은경의 원룸에서 영화를 보거나 책을 읽으며 주말을 함께 보낸 뒤에 선미가 월요일 첫차를 타고 하주로 돌아가는 코스가 반복되었다. 시간이 흐르면서 은경이 선미를 자신의 원룸에 남겨두고 친구를 만나러 외출하는 일이 종종 생겼다. 그때마다 같이 나가겠느냐고 은경이 묻고, 괜찮다고 선미가 대답하는 형식적인 장면이 반복되다가 사라졌다.

그사이 인사 발령이 있었다. 문화예술과 직원 대부분이 시청에 자리를 지키지 못하고 흩어졌다. 도선미는 하주시를 이루고 있는 세 개의 읍, 다섯 개의 면, 여섯 개의 동 가운데 한 곳의 주민센터로 발령을 받았다. 은경과 만난 지도 한 계절이 지나 어느덧 여름이었다.

계절의 초입부터 유독 비 소식이 잦았다. 선미는 매일이다시피 퇴근하지 못하고 비상근무를 했다. 관할 구역 저지대 주택가가 침수되어 한밤중에 고무보트에 양수기를 싣고 출동할 때도 있었다. 주말에도 수해 복구를 위한 동원령이 내려져서 데이트다운 데이트는 해볼 수가 없었다. 설레는 마음으로 준비했던 여름휴가도 취소해야 했다. 겨우 시간을 내더라도 피로에 젖은 얼굴만 잠깐 비치는 게 다였다. 은경이 선미를 보러 하주로 오겠다고 했지만 선미는 극구 말렸다.

만나지 못하는 날들이 이어져도 다행히 마음은 더 애틋해졌다. 마침 은경도 지도 교수가 회장으로 있는 학회의 세미나 행사를 준비하느라 정신이 없었다. 두 사람은 숨어서 하는 전화와 메시지 창의 이모티콘 몇 개로도 행복했다. 지독한 여름이 지나고 쾌청한 가을이 오면 소풍을 가자고 약속했다. 선미는 소풍에 가져갈 도시락 메뉴를 구상하며 흙탕물을 퍼내고 젖은 서류들을 말렸다. 하지만 야속하게도 가을엔 대형 태풍이 연달아 찾아왔다. 선미의 비상근무는 추석 연휴에도 계속됐다.

은경에게 미안한 마음이 커질수록 선미는 평소라면 하지 않았을 약속들을 보상처럼 말했다. 그중 하나가 크리스마스 파티였다. 은경의 단골 클럽에서 매년 여는 크리스마스 파티에 베스트 드레서 커플을 뽑는 이벤트가 있다고 했다. 작년에 친구 커플이 참가해서 2등을 했고 상품으로 커플링 세트를 받았는데 그게 참 부러웠다고, 들뜬 목소리로 재잘대는 은경이 귀여워서 선미는 은경의 볼에 입을 맞추며 물었다.

"2등이 커플링이면 1등 상품은 뭔데?"

"제주도 여행 상품권! 비행기표에 호텔 숙박권까지 준대. 그거 받으면 진짜 좋을 거야. 언니랑 새해에 제주도에서 일출을 보는 거지. 아니 근데 상품은 안 받아도 돼. 그냥 같이 가기만 해도 좋아."

똑같은 스웨터를 입고 클럽 문을 열고 들어가는 게 소원이라고. 은경은 '소원'이라는 단어를 힘주어 말했다. 그리고 이어서 '선물'이라고 정정했다. 최고의 크리스마스 선물일 거라고.

"상상만 해도 너무 행복하다."

선미는 두 사람이 나란히 누운 침대의 침구가 초록색이라는 걸 새삼 깨달았다. 베개 커버는 빨강. 크리스마스의 색 조합이었다. 은경의 원룸엔 크리스마스 장식이 가득했다. 손톱만 한 알전구가 창문 테두리를 따라 반짝였다. 천장 한쪽엔 루돌프가 끄는 썰매를 타고 하늘을 나는 산타의 모습을 한 종이 모빌이 매달려 있었다. 은경이 이렇게나 크리스마스를 좋아했구나. 선미는 그 사실을 이제야 알게 된 것이 미안했다.

"그래, 가자."

은경이 환호성을 지르며 선미를 껴안았다. 그리고 친구들에게 자랑을 해야겠다며 휴대폰을 찾았다. 선미는 자리에서 일어나려는 은경을 잡아당겨 제 몸 위로 포개어지도록 했다. 이렇게 여름에 비가 많이 내린 해에는 겨울이 유독 따뜻하다고, 선미는 어디선가 들은 이야기를 은경에게 주문처럼 속삭였다.

선미는 공무원이 된 뒤 처음으로 인사팀에 면담 신청을 했다. 인사팀 최 팀장은 약속 시간에 맞춰 시청 인사팀 사무실을 찾아온 선미를 대뜸 밖으로 데리고 나와 시청 뒤편의 산으로 이끌었다.

"일단 좀 걸을까?"

특별한 이름 없이 '시청 뒷산'이라 불리는 산에는 꼭대기까지 나선으로 감아 올라가는 가파른 산책로가 있었다. 뒷짐을 진 최 팀장이 앞장서고 한 걸음 거리를 두고 선미가 뒤따라 올라갔다. 셋째 아이를 출산한 뒤로 체력이 좀처럼 회복되질 않아서 좋아하는 등산을 예전만큼 즐기지 못하게 됐다던 최 팀장은 가벼운 발걸음으로 콧노래까지 흥얼거리며 성큼성큼 걸음을 뗐다. 선미는 평소 운동을 잘 하지 않은 탓인지 금세 숨이 가빠졌다. 입김이 연신 보얗게 피어오르고 코트 속은 땀으로 축축해졌다. 최 팀장과의 거리도 점점 벌어졌다.

"내가 예전에는 별명이 날다람쥐였거든? 근데 요즘엔 영 몸이 무겁네."

"아직, 헉, 날아, 헉, 다니시는데요."

"자기는 관리 좀 해야겠다. 우리 일도 체력이 제일 중요해. 알지?"

선미는 더 대꾸할 기운도 없었다. 최 팀장은 요즘은 젊은 사람들이 나이 든 사람들보다 체력이 더 떨어지는 것 같다느니, 어릴 때부터 공부만 하느라 뛰어놀지 못해서 그런 거라느니, 최근에 자식들을 태권도 학원에 등록시켰다느니 하는 말을 쉴

새 없이 하면서도 속도가 전혀 줄지 않은 채로 부지런히 걸었다. 그렇게 한참을 더 걷다가 불쑥 "저기 앉을까?" 하며 팔을 뻗었다. 마치 나란히 앉으라고 준비한 의자처럼 편편한 바위 두 개가 보였다.

"여기가 내 비밀 면담실이거든. 사무실엔 귀가 많아서. 알지?"

최 팀장이 어깨를 으쓱여 보였다. 어느새 산 정상 부근이었다. 가십거리를 찾아 여기까지 따라올 정도로 호기심이 강한 사람은 확실히 없을 것 같았다. 선미는 두 바위 중 작은 쪽 바위에 앉았다. 상석을 윗사람에게 양보하는 건 습관이 되어버린 지 오래였다.

"자, 그럼 이제 말해봐. 휴직이야, 면직이야?"

"네?"

"그럴 때가 됐다 싶었어. 그 연차면 몸이든 마음이든 한 군데는 병이 들게 마련인데. 자기는 결혼도 안 했으니, 의지할 곳도 부양할 것도 없잖아."

선미가 처음 주민센터에 발령받았을 때 센터의 행정팀장이었던 최 팀장은 선미에게 하주 출신인 남자 공무원을 잡아야 한다고 입버릇처럼 말했다. 자신이 그랬듯이, 외지인 여자 공무원이 하주에 편히 자리 잡는 방법은 그것뿐이라고 진심으로 믿었다.

"나가떨어지든지, 떨어져 나가든지. 그럴 거라고 생각했어, 내가. 여긴 진짜 보안 철저 구역이야. 그러니까 속 시원히 말해 봐."

선미는 최 팀장의 얼굴에 깃든 안도감을 보았다. 그럼 그렇지. 역시 그렇지? 자신만만하게까지 보이는 눈빛으로 최 팀장이 선미를 재촉했다. 얼른, 얼른 말해봐.

"아뇨, 저는 괜찮아요. 그냥…… 다음 발령 때 자리가 있으면 시청으로 돌아가고 싶어서요. 부서는 어디든 상관없어요."

시청이면 어디든 주민센터보다야 현장 차출이나 비상 대기가 적을 것이다. 선미는 은경이 박사 논문을 본격적으로 시작하기 전 맞는 마지막 겨울방학엔 은경과 조금 더 긴 시간을 보내고 싶었다. 모아둔 비상금으로 해외여행을 갈 수도 있을 것이다. 가까운 대만이나 조금 더 욕심을 내 하와이에 간다든지. 여자와 여자가 커플로 불릴 수 있는 곳으로 가서 며칠이나마 편히 지내면 어떨까. 길거리에서 목소리를 낮추지 않고 사랑한다고 말하고, 석양을 바라보며 입을 맞추고.

"시청? 자기가 야망이 있었나?"

최 팀장은 명백하게 김이 샌 표정으로 심드렁하게 말했다.

"야망은요, 무슨. 저 이제 곧 9년 차예요. 7급 단 지도 한참이고요. 그런데 딱 한 번 문예과 갔다가 계속 센터로만 돌았어요. 이번 여름엔 초과 근무에 비상 대기 질릴 만큼 했고요. 시청에 넣어주세요."

선미는 밤새 연습한 말들을 또박또박 뱉었다. 능청을 떤다든지 넉살 좋게 이야기하는 건 무리였다. 정공법으로 가는 수밖에 없었다. 최 팀장은 가만히 선미의 얼굴을 바라보았다. 선미는 저도 모르게 부르르 몸을 떨었다. 산을 올라오면서 흘린 땀이 식으며 몸에 한기가 스민 탓이었다. 그 모습이 최 팀장에겐 북받치는 감정을 애써 추스르는 것으로 보였다. 지난밤 잠을 설친 탓에 선미의 얼굴은 핼쑥했고, 눈동자엔 생기가 없었다. 거기에 떨기까지 하니 그야말로 안쓰러운 모습이었다.

"하긴, 자기가 고생이 많긴 했지."

최 팀장, 최선미는 도선미의 어깨에 가볍게 손을 올렸다. 자신이 하주 성골인 남편을 만나지 않았더라면 겪었을 날들이 눈앞을 스쳐 지나갔다.

"그래, 다음엔 시청. 부서는 상관없이. 오케이."

크리스마스가 다가올수록 은경은 선미를 매일같이 채근했다. 커플로 맞춰 입을 스웨터의 디자인을 고르라고, 그다음엔 색을 고르라고, 머리 모양은 어떻게 할 거냐고, 신발은 뭘 신을 거냐고, 친구들은 어디까지 소개받을 거냐고 물었다. 연말을 맞은 주민센터에도 선미를 채근하는 사람이 넘쳐났다. 각종 증명서를 발급받기 위해 센터를 방문하는 사람이 하루 수십 명이었다. 무인 발급기와 인터넷 사이트가 있었지만 발품을 팔아 공무원의 얼굴을 보고 일 처리하는 쪽을 선호하는 사람들도 많았다. 선미의 마음이 조급하거나 말거나 사람이 태어나고 죽었다. 골목의 쓰레기봉투는 터지고 누군가는 주차금지 구역에 차를 세웠다.

정신없는 나날이 지나고 크리스마스이브가 왔다. 새해 정기 인사 발령 명단을 크리스마스이브에 공고하는 것이 하주시의 관례였다. 선미는 "언니는 쿨톤, 난 웜톤"이라며 은경이 골라준 남색 스웨터를 입고 있었다. 가슴께의 호랑가시나무 열매 자수가 앙증맞았다. 선미의 가방 안에는 오렌지색 스웨터를 입고 올 은경에게 줄 크리스마스 선물이 들어 있었다. 은경이 갖고 싶어 했던 만년필이었다. 만년필을 건네며 준비한 새해 계획을 말해줄 수 있기를 바랐다. 좀 더 자주, 오래, 같이 있자고. 그러려면 발령이 잘 나야 했다. 선미는 떨리는 마음으로 틈만 나면 행정 포털을 들락거렸다.

민원 업무가 마감되고 서류 정리를 하는데 누군가 "떴다"하고 말했다. 어수선하던 직원들이 일사분란하게 제자리를 찾아 앉았다. 도선미는 누구보다 빠르게 행정 포털에 접속했다. 인사이동 명단이 공지 사항 게시판에 올라와 있었다. 선미는 스크롤을 내릴 여유도 없었다. 심호흡을 하고, 검색창을 켜서 자신의 이름을 입력했다.

지방행정주사보 도선미. 하주시청 민원봉사과.

민원봉사과는 시청의 부서들 중에서 유망한 곳은 아니었다. 하지만 선미에게는 마치 하늘에서 내려온 황금 동아줄처럼 느껴졌다. 시청으로 갈 수 있다는 것만으로도 충분했다. 출근하면 최 팀장에게 떡이라도 한 상자 보내야겠다고 생각했다.

"아유, 계속 고생만 하네."

"센터에서도 민원 했는데 이번엔 좀 위로 올려주지."

직원들은 호들갑스럽게 선미를 위로하면서 남은 서류 정리는 걱정 말고 퇴근하라며 등을 떠밀었다. 선미는 못 이기는 척 주민센터를 빠져나왔다. 그리고 택시를 잡아타고 기차역으로 향했다. 승강장은 크리스마스 전야를 즐기러 서울로 향하는 하주의 젊은이들로 붐볐다. 선미는 일찌감치 예매를 해둔 좌석에 앉자마자 은경에게 메시지를 보냈다. 지금 가는 중. 곧 만나.

"선미야."

선미는 얼른 휴대폰 화면부터 잠갔다. 아직 기차는 출발 전이었다. 하주에서 자신을 '선미야'라고 부를 수 있는 사람은 백

명도 넘게 댈 수 있었다. 선미보다 나이가 많고 직급이 높은 공무원이라면 누구나 자신의 동생이나 딸을 부르듯 편하게 '선미야' 하고 부르며 반말을 썼다. 선미가 마흔이 되어도, 쉰이 되어도, 정년퇴직을 하는 순간까지도 그건 달라지지 않을 것이다. 선미는 퇴임식에서도 아무개야 이름을 불리며 축하한다는 인사를 듣는 사람을 여럿 보았다.

"오랜만이네, 잘 지냈어?"

"과장님도 잘 지내셨죠? 서울 가세요?"

"대학 송년회 모임이 있어서. 너는?"

"저는……."

문화예술과 이 과장의 자리는 공교롭게도 선미 옆이었다. 기차가 움직이기 시작했다. 이 과장은 선미가 고졸이라는 것도, 고향이 서울과 정반대 편이라는 것도 알고 있었다. 크리스마스이브에 서울에서 만날 만한 사람이 없다고 추측할 것이다. 그러니 대답을 기다리며 선미를 빤히 쳐다보고 있는 것이리라. 그 호기심을 빨리 충족시켜 주지 않는다면 어떤 일이 벌어질지 너무 잘 알아서 아찔해졌다.

"사촌 언니가 서울에 왔다고 해서요. 서울에서 대학 다니다가 외국으로 유학을 갔는데 이번에 잠깐 들어왔대요."

"선미한테 공무원 시험을 추천했다던 그 언니?"

선미는 신입 공무원에게 쏟아지는 관심과 신변잡기에 대한 질문을 피하지 못하면서도 최소한의 정보만 노출하려 애썼던 과거의 날들이 떠올라 짧은 감상에 빠졌다. 그리고 사촌 언니에 대해서까지 이야기한 과거의 자신이 고마운 동시에 원망스러웠다. 그 덕분에 이 과장의 호기심은 열기가 식었지만 대신 잘 아는 사이라도 되는 것처럼 선미의 사촌 언니 이야기를 시작했으니까.

"프랑스라고 했나?"

"영국이에요."

사실은 독일이다. 하지만 다음에 또 누군가가 사촌 언니가 살고 있는 나라가 영국인지 묻는다면 프랑스라고 대답할 것이다. 선미는 이 과장이 영국에 대해 알고 있는 지식을 두서없이 늘어놓는 것을 들으며 서울에 도착했다. 서울역까지 갈 줄 알았던 이 과장은 선미와 같이 영등포역에 내렸다. 열차에서 내리면서부터라도 이 과장과 거리를 두기 위해 조금씩 걸음을 늦췄는데 이 과장도 별로 서두르는 기색이 아니었다. 결국 앞뒤로 나란히 서서 에스컬레이터를 오르게 됐다.

"이제 어디로 가나?"

"이 근처에서 만나기로 했어요."

아니, 버스를 타고 홍대로 갈 거다. 그곳에 은경의 단골 클

럽이 있다. 은경과는 클럽 입구에서 만나기로 했다. 이 과장이
아쉽다는 듯 말했다.

"그래? 난 버스 타고 신촌으로 가려고."

선미가 타야 할 버스가 서는 정류장 쪽으로 이 과장이 몸을
틀었다. 선미는 이 과장이 떠난 뒤에 택시를 타는 것으로 계획
을 바꾸었다. 같은 방향이라는 걸 절대로 들키고 싶지 않았다.
이 과장을 얼른 보내기 위해 꾸벅 고개를 숙여 인사했다. 그리
고 다시 고개를 들었을 때, 멀리 서 있는 은경이 보였다. 빨간
장미 한 송이를 들고, 선미와 같은 디자인의 오렌지색 스웨터
를 입고 있었다.

선미는 뒤돌아섰다. 그리고 빠른 걸음으로 걷기 시작했다.
은경이 절대로 자신을 발견하지 못하기를 바라면서.

"선미, 메리 크리스마스!"

등 뒤에서 이 과장의 목소리가 너무 크게 들렸다.

"전화는 왜 안 받았어?"

"늦을까 봐 뛰느라고 몰랐어."

선미와 은경은 약속 시각보다 두 시간 늦게 클럽 입구에서
만났다. 다행히 자정부터 시작하는 크리스마스 이벤트에는 늦
지 않았다. 은경은 깜짝 놀라게 해주려고 마중을 나간 건데 괜

히 엇갈리기만 했다면서 퉁퉁거렸다. 아직도 텔레파시가 통하지 않는 거냐는 둥, 이럴 거면 무전기를 차고 다니지 휴대폰은 왜 들고 다니느냐는 둥. 선미는 그 억지들을 다 받아주면서 은경을 달랬다. 은경은 미리 말하지 않고 몰래 움직인 제 탓도 있다고 생각했다. 그런데도 연신 미안하다고만 하는 선미의 모습에 더 심술이 났다.

은경은 그 이유를 알았다. 사실 은경은 역 대합실이 아니라 열차 승강장까지 내려가 기다리고 있었다. 열차에서 내리는 선미를 와락 끌어안을 계획이었다. 하지만 선미보다 앞서 내리는 사람이 어딘지 익숙했다. 선미가 눈치를 살피는 걸 보니 분명 공무원이었다.

은경은 이런 상황을 자주 상상했다. 선미와 팔짱을 끼고 거리를 걷다가, 혹은 극장에 나란히 앉아 영화가 시작되길 기다리다가 선미를 아는 사람을 만나면 어떻게 행동해야 할지. 그 사람은 높은 확률로 공무원일 것이고 선미가 두려워하는 상황을 만들 수 있는 사람일 테고, 선미는 당황할 것이다. 그러니 은경이 눈치껏 굴어야 한다. 자연스럽게 나서야 한다. 친척 동생 정도가 적당하리라. 어릴 때는 친자매처럼 가깝게 지냈다는 말이 필요할 수도 있다. 머릿속으로 몇 번이나 예행연습을 했었다.

하지만 그 사람이 은경 자신도 아는 사람일 거라고는 상상하지 못했다. 그는 하주시 문화예술과의 과장이었다. 은경을 알아볼 것이 확실한 사람이 선미와 이야기를 나누고 있었다. 은경은 거리를 두고 두 사람에게서 멀어졌다. 선미와 같은 디자인의 스웨터를 감추기 위해 코트 단추를 채웠다. 그 순간 은경은 선미가 자신을 보았다고 느꼈다.

"선미, 메리 크리스마스!"

이 과장이 머리 위로 크게 손을 흔들었다. 은경은 그 옆을 스쳐 지나갔다. 다행히 그는 은경을 알아보지 못한 것 같았다. 선미는 반대편으로 빠르게 걸어가고 있었다. 은경은 선미에게 전화를 걸었다. 선미가 휴대폰을 확인하는 게 보였다. 그리고 전화를 받지 않은 채 점점 멀어지는 모습도. 전화가 끊겼다. 은경은 소리쳐 선미를 부르거나 달려가 선미를 붙잡는 대신 그 자리에 우두커니 서서 다시 전화를 걸었다. 계속, 계속.

내가 잘못 본 걸지도 몰라. 언니는 늦을까 봐 마음이 급해서 전화 받을 틈이 없는 거야. 은경은 그렇게 생각하며 선미가 보이지 않을 때까지 서 있었다. 그리고 클럽 앞에서 선미를 만났을 때, 은경은 선미가 자신을 보았다는 걸 확신했다. 죄책감이 담긴 눈빛 때문이었다.

클럽에는 은경의 친구들이 자리를 잡고 기다리고 있었다.

지난 연애 상대들과 달리 선미에 대해서는 말을 아꼈던 은경이었기에 친구들은 이때다 싶어 질문을 쏟아냈다.

"선미 씨는 무슨 일 하세요?"

"그냥 회사 다녀요."

"사무실은 어디예요? 강남?"

"언니 일하는 곳 서울 아니야."

"그럼 장거리 커플? 대단하다~"

"별로 안 멀어."

선미가 테이블 아래로 은경의 손을 움켜쥐었다. 하지만 은경은 멈출 생각이 없었다.

"하주야."

"하주? 우리 이모가 하주 사는데. 이모부가 거기 공무원이셔서."

"거긴 서울보다 집값이 좀 싸겠지?"

"넌 요즘 결론이 항상 집값이더라."

"그럼 어떡해, 전세 만기가 다가오는데. 이번에 쫓겨날 것 같단 말이야."

은경의 친구들은 금세 화제를 바꿔서 대화를 이어갔지만 선미는 어색하게 웃기만 할 뿐 술을 마시지도 음식을 먹지도 못했다. 손바닥이 식은땀으로 축축하게 젖었다. 은경은 그런

선미를 보면서도 별말 없이 술만 마셨다.

화장실에 다녀오겠다며 일어서는 선미를 따라 은경도 자리에서 일어났다. 은경의 친구 중 하나가 한시도 떨어지지 않으려고 한다며 놀렸다. 친구들이 와르르 웃었다. 선미는 그 웃음소리로부터 도망치듯이 클럽 밖으로 나왔다.

"어디 가?"

"답답해서, 바깥 공기 좀 쐬려고."

"이제 곧 이벤트 시작이야."

"너…… 아직도 화났어? 미안하다고 했잖아."

"뭐가 미안한데? 전화 못 받은 거? 정말 그게 다야?"

다 봤구나. 선미는 질끈 눈을 감았다. 클럽 안에서 이벤트 시작을 알리는 캐럴이 들려왔다. 두 사람은 손을 뻗으면 겨우 닿을 만한 거리를 유지한 채 잠시 그대로 서 있었다.

"언니 상황, 언니 마음, 이해하려고 노력했어."

은경의 목소리는 차분했다.

"언니가 많이 애쓴 것도 알아."

"은경아."

"그런데 나도 생각보다 많이 힘들었네."

"미안해."

"우리 이제 그만하자."

선미는 그제야 은경의 손에 자신의 가방이 들려 있는 것이 보였다. 선미는 하릴없이 은경이 내미는 가방을 받아 들었다.

"아까 못되게 굴어서 미안해. 친구들한테는 내가 잘 말할게. 걱정할 일 없을 거야."

잘 가.

마지막 말을 은경이 했는지 자신이 했는지 아니면 둘 다 하지 못했는지. 선미는 은경이 클럽 안으로 다시 들어가고도 한참 동안 그 자리에 망연히 서 있다가 다리에 힘이 풀려 주저앉았다. 눈물은 나지 않았다. 방금 벌어진 일이 현실 같지 않아서 정신이 몽롱하기만 했다. 거리는 흥이 오른 사람들의 목소리로 소란했다. 누군가 선미를 미처 보지 못했는지 걷어차듯 부딪치며 지나갔다. 선미는 비틀대며 자리에서 일어섰다.

"괜찮으세요?"

걱정스럽게 묻는 사람도 있었다. 선미는 그 사람을 지나쳐서 걷기 시작했다. 자신에게 벌어진 일을 받아들이고 눈물이 나올 때까지 계속 걸었다. 크리스마스였다.

은경과 헤어져도 시간은 흐르고 새해는 찾아왔다. 선미는 시청 민원봉사과로 출근했다. 며칠 사이 살이 내려서 화장을 더 공들여 했다. 절대 '사연 있는' 모습으로 보여서는 안 됐다.

출근길에 만난 이 과장이 "사촌 언니랑 크리스마스 잘 보냈냐"고 물어왔다. 웃으면서 "언니가 프랑스에서 선물을 많이 사와서 좋았다"고 대꾸했다.

선미가 배정받은 자리는 가족관계팀 팀장 양기택 옆자리였다. 팀장 부재 시 대리하는 자리로 흔히 '차석'으로 불렸다. 가족관계팀은 팀장을 포함해 총 다섯 명이었다. 양 팀장이 팀원들을 한 명씩 소개시켜 주었다.

"이쪽은 우리 막내 이가경. 아직 시보 못 뗀 신규야."

"잘 부탁드립니……다?"

"뭐야, 이가경이. 수상하게 마무리가 왜 그래?"

선미는 자신을 빤히 바라보는 가경을 마주보았다. 어디서 본 것 같기도 하고 아닌 것 같기도 했다. 처음 듣는 이름이란 건 확실했다. 선미는 대수롭지 않게 말했다.

"제 얼굴에 뭐 묻었어요?"

"아뇨, 그게 아니라…… 아!"

크리스마스.

가경이 선미를 어디서 만났는지 떠올린 순간 선미도 가경의 얼굴이 기억났다. 크리스마스. 은경에게 이별을 통보받고 정신없을 때 괜찮으냐고 물어봤던 사람이었다. 베스트 드레서 이벤트에 참여하기라도 하려는지 루돌프 머리띠를 하고 코를

빨갛게 칠한 모습이 떠올랐다. 주머니를 뒤적여 꺼낸 꼬깃꼬깃한 냅킨을 건네주었는데 선미가 괜찮다고 사양했었다.

"두 사람 아는 사이야?"

"아뇨."

선미는 단호하게 대답했다. 양 팀장은 어깨를 으쓱해 보이고는 그럼 이제 일을 시작하자고 말했다. 선미는 제자리로 가며 가경을 흘깃 쳐다보았다. 가경은 선미에게만 보이도록 작게 손을 흔들고 있었다. 어쩐지 가경의 눈이 반짝반짝 빛나는 것만 같았다. 선미는 원치 않는 사건에 휘말릴 것만 같은 불길한 예감이 들었다.

이가경은 이벤트를 좋아했다. 사람들과 어울려 놀 수 있는 기회를 좋아했다는 게 더 정확할 것이다. 무슨 날이라고만 하면 빼지 않고 놀았고, 없는 날도 핑계를 만들어 놀았다. 밸런타인데이, 화이트데이, 핼러윈 같은 서양식 이벤트도 좋아했고, 설과 추석 같은 명절부터 단오나 동지 같은 절기까지 빠짐없이 챙겼다. 노는 걸 좋아하다 보니 잘 노는 법을 알았고, 가경과 함께라면 재미있다는 믿음이 생겨서 친구들도 잘 모였다. 웃기는 걸 좋아하면서도 웃음거리가 되진 않는 성격이라 더 인기가 좋았다. '사람 좋은 사람'이라는 표현이 바로 가경을 위한 것이었다.

가경은 특히 누군가를 주인공으로 만들어주는 이벤트를

좋아했다. 생일 파티는 가경이 제일 신나게 벌이는 이벤트였다. 친구들의 생일 파티를 각자의 개성과 취향에 맞게 치러주었다. 연애라도 할라치면 매일이 둘만의 축제였다. 온 힘을 다해 단 한 사람을 세상의 주인공으로 만드는 날들이었다. 꽃과 선물, 편지와 사진, 낭만적인 의미가 담긴 데이트 장소들. 그런 면이 부담스럽다고 차인 적도 여러 번이었지만 고치겠다는 생각은 해본 적이 없었다.

"넌 어떻게 머릿속이 항상 꽃밭이니?"

너무 생각 없이 사는 것 같다는 말까지 들었을 땐 아무리 가경이어도 충격을 받았다. 동갑이지만 침착하고 어른스러워서 언니같이 느껴지던 사람이었는데, 가경이 항상 밝고 긍정적이어서 좋다더니 바로 그 이유로 싫어졌다고 말하는 게 이해가 되지 않았다.

가경은 꼭 진지한 것만이 생각이냐고 경쾌한 생각은 없느냐고 따져 물었지만 상대는 대꾸하지 않았다. 심한 말을 해놓고는 오히려 울 것 같은 표정을 짓고 있었다. 시비를 걸기 위한 말이었구나. 이미 답을 정해놓은 대화라고 느끼자 더 말다툼할 의욕이 사라졌다. 가경은 웃으며 이별하기로 했다. 어차피 헤어질 거라면 굳이 상처를 깊게 내고 싶지 않았다. 그것이 좋은 이별이라고 믿었다. 그동안 고맙고 미안했다고, 행복하길 바란다는 말은 진심이었다. 그런데 예상하지 못한 말을 들었다.

"항상 억지로 애쓰는 것처럼 보여. 뭐가 그렇게 간절해?"

그 말은 지금껏 누구도 가경에게 하지 않은 말이었다. 타박이 아닌 염려였다. 가경은 헤어진 연인들과 곧잘 친구로 지냈지만 그 사람과는 그럴 수가 없었다. 절대로 그렇게 될 수 없는 사람이 있다는 걸 알게 됐다. 다만 그 사람에게 언제까지나 자신의 좋은 소식만 전해지기를. 그러니 더 열심히, 더 유난스럽게 놀아야겠다는 다짐을 했다.

계절의 분위기가 바뀔 때마다 최선을 다해 누렸다. 친구의 친구도, 그 친구의 친구까지 누구든 원하면 끼워서 우르르 몰려다녔다. 봄에는 꽃놀이, 여름엔 바캉스, 가을엔 운동회, 겨울이면 단연 크리스마스였다. 이왕 놀 거면 제대로 놀아야 한다고 의기투합한 친구들과 올해는 분장을 하고 클럽에 가자고 의견을 모으고 초겨울부터 크리스마스를 기다렸다. 어떤 분장을 할지는 제비뽑기로 정했다. 가경이 뽑은 건 루돌프였다.

"좋아, 최고로 섹시한 루돌프가 되어주지."

가슴을 한껏 내밀며 자신만만하게 말하는 가경에게 친구들은 웃음 섞인 야유를 보냈다. 그 소리가 환호성이기라도 한 듯 가경은 몇 번 포즈를 바꿨다. 친구들의 웃음소리가 더 커졌다. 그런 순간에 안심이 됐다. 지금 여기에 있구나. 생생하게 살아 있구나. 우리가 함께 있구나.

뭐가 그렇게 간절하냐고? 함께인 지금에 붙들어둘 수 있다면. 그래서 서로의 존재를 확인할 수만 있다면, 기꺼이 광대가 되어 얼마든지 재주를 부릴 수 있었다. 그 순간이 영원할 수 없다는 걸 잘 알아서 더 그랬다. 무엇도 영원하지 않으니 함께하는 동안엔 즐거웠으면 한다느니 하는 이타적인 마음이 아니었다. 즐거운 순간을 계속해서 만들어주면 자신에게서 떠나지 않을지도 모른다는 이기적인 기대였다.

가경의 기억 속엔 끝인사 없이 이별한 사람들이 많았다. 그들을 떠올리면 언제나 마지막 말을 하지 못한 건 자신이어서 아쉬움에 마음이 먹먹해졌다. 정말로 두려운 건 자신에게 실망하거나 화를 내고 떠나는 것이 아니었다. 미처 알아챌 새도 없이 멀어지다 사라지는 거였다.

오래전, 구름 언니처럼.

구름 언니는 가경이 초등학교 5학년 때 온라인 롤플레잉 게임에서 처음 만난 고등학생이었다. 마법과 몬스터가 있는 판타지 세계에서 가경은 구름 언니와 함께 던전을 공략하고 무지갯빛 유니콘의 등에 올라 세 개의 달이 뜬 밤하늘을 날아다녔다. 구름 언니는 궁수 캐릭터였고, 가경의 캐릭터는 주술사였다. 근접 전투에 약한 두 캐릭터는 검사나 격투가 캐릭터보다 전투 시간이 오래 걸렸다. 화살을 보충하거나 새로운 주술을 준비하는 사이사이마다 채팅으로 대화를 나누다가 결국엔 전투보다 대화가 주가 되어버렸다.

구름 언니가 같은 반 친구를 짝사랑하고 있다고 말한 건 코볼트 몬스터가 잔뜩 나오는 광산 던전에서였다. 가경은 눈치가 빠른 편이어서 "언니, 여고 다닌다고 하지 않았어?" 따위의 질문은 하지 않을 수 있었다. 대신 "어디가 그렇게 좋은데?"라고 물었다. 구름 언니는 기다렸다는 듯이 한참 동안 짝사랑 상대에 대한 예찬을 늘어놓았다. 그러다 화살을 장전하는 걸 잊어서 코볼트 떼에게 속절없이 두들겨 맞으면서도 채팅 창에 메시지를 띄우는 걸 멈추지 못했다.

— 너무 좋아. 정말로.

얼굴도 예쁘고 공부도 잘하고 특히 책 읽는 모습이 멋있다던 구름 언니의 짝사랑 상대가 게임 속 세상에 나타난 것은 처음 이야기를 들은 뒤 1년쯤 지난 어느 날이었다. 구름 언니에게 하도 많은 이야기를 들어서 가경도 이미 아는 사이인 것처럼 친숙했다. 새 캐릭터는 구름 언니의 캐릭터와 꼭 닮은 모습에 여섯 글자의 게임 아이디 중 앞 네 글자가 같았다. '반짝이는 구름'과 '반짝이는 파도'. 가경은 다른 설명 없이도 두 사람이 연애를 한다는 걸 알았다. 구름 언니의 연인, 파도 언니는 구름 언니보다 게임 실력이 훨씬 좋았다. 금세 가경과 구름 언니의 레벨을 따라잡았다. 두 언니와 함께 드래곤도 무찌르고 미지의 땅에 숨겨져 있던 비석을 발견하기도 하면서 시간이 흘렀다.

초등학교 졸업식에 언니들이 꽃다발과 커다란 곰 인형을 들고 찾아왔을 때, 단번에 두 사람이라는 걸 알아봤다. 당시 가경의 엄마는 회사 일로 해외에 장기 파견 중이었고, 아빠는 가경을 잘 챙기려 나름대로 노력했으나 원체 덜렁대는 편이었다. 가경이 곧 졸업을 한다는 건 알았지만 졸업식을 챙기진 못했다. 가경도 졸업식을 대단하게 생각하지 않았기에 굳이 정확한 날짜를 알리지 않았다. 그래도 막상 정말 혼자 있으려니 누구에게랄 것 없이 원망하는 마음이 생기려 했는데 그때 마침 언니들이 나타난 것이다.

언니들은 그날의 주인공이 오롯이 가경뿐인 것처럼 대해주었다. 운동장을 가득 메운 사람들 중에 가경이 제일 특별한 사람인 것처럼. 마치 가경만의 졸업식인 것처럼. 그래서였을 것이다. 그 순간이라면 무슨 말을 해도 괜찮을 것 같았다. 가경은 졸업식을 치르며 자신의 마음이 일렁였던 진짜 이유에 대해 털어놓았다.

몇 년간 친했던 친구와 다른 중학교로 배정받았다고. 마지막에 반이 갈리면서 서로 어울리는 무리가 달라지는 바람에 안 그래도 사이가 어색해졌는데 이제 정말 끝일 거라고. 그 친구는 옆 동네의 여중으로 가고 가경은 다니던 초등학교 바로 옆의 중학교로 가게 되었으니 앞으로 만날 일이 없을 거라고. 말하면서 제 마음을 분명하게 깨달았다. 그건 특별한 우정이 아니라 흔한 짝사랑이었다. 조금 울었던 것도 같다. 그래도 언니들이 그 친구에게 다가가서 가경이랑 같이 사진을 찍으라고 말해준 덕분에 둘만 찍은 사진을 남길 수 있었다.

가경이 중학생이 되고 언니들은 수험생이 되면서 점점 같이 게임을 하는 시간이 줄어들었다. 언니들의 휴대폰 번호는 알고 있었지만 가경에게는 휴대폰이 없었다. 그때 휴대폰이 있어서 문자 메시지라도 주고받을 수 있었다면 얼마나 좋았을까. 전화를 거는 건 좀 부끄러웠다. 주말에만 잠깐씩 게임 속 세상에서 언니들과 만날 수 있었다. 가경은 주말마다 하루 종일 게임에 접속해 언니들을 기다렸다. 언니들에겐 말하지 않았지만.

그러다 언제부턴가 언니들이 함께 접속하는 일이 없어졌다. 구름 언니만 접속하거나 파도 언니만 접속하거나 했고, 그마저도 점점 뜸해졌다. 두 사람이 왜 서로를 피하는 걸까. 궁금

했지만 가경에겐 묻지 않을 눈치가 있었다. 가경은 자신이 연인 간의 다툼에 대해 이해할 나이가 되었다고 생각했고, 그런 스스로가 괜히 기특했다. 만약 두 언니가 헤어진다면 어떻게 행동해야 할지 진지하게 고민하기도 했다. 하지만 가경이 상상할 수 있는 건 거기까지였다. 현실은 가경의 상상을 벗어난 곳에 있었다.

오랜만에 언니들과 함께 황금 드래곤의 던전에 갔던 날, 마지막 보스의 방에 들어가기 전에 그 이야기를 들었다. 구름 언니는 "들켰다"고, 파도 언니는 "걸렸다"고 표현했다. 가경은 그 말에 심장이 쿵 떨어지는 것처럼 놀랐다. 아직 드러나지 않은 잘못을 감춘 사람처럼, 아주 나쁜 일에 공범이 된 것처럼. 그래서 자세한 이야기는 물을 수가 없었다. 두 사람은 다니던 학교를 떠나야 한다고 했다. 각자 다른 곳으로. 그날 황금 드래곤은 시시하게 죽었다. 보스 몬스터를 잡으면 보상으로 얻게 되는 보물 상자에서도 희귀한 아이템은 나오지 않았다. 얼마 뒤 구름 언니의 아이디가 삭제되었다. 파도 언니의 아이디는 남아 있었지만 아무리 기다려도 파도 언니는 접속하지 않았다.

언니들을 정말 좋아했고 함께 게임을 하는 건 재미있었지만, 가경의 시간은 게임 속에서만 흐르지 않았다. 중학교에 진학하면서 영어 학원과 수학 학원을 따로 다녔다. 학급회장이 되었고 걸스카우트에도 들어갔다. 새로운 친구들이 많이 생겼다. 다니는 학교와 상호결연을 맺은 다른 지역 학교의 동급생과 펜팔을 하다가 그 애를 좋아하게 되었다. 편지 봉투에 담을 수 있는 것 중 가장 귀하고 예쁜 것을 그 애에게 주기 위해 매일같이 고민했다. 게임 밖의 세상에서 가경은 바쁘고 즐겁고 행복했다. 그러다 문득 언니들이 떠올라 아빠의 휴대폰을 빌려 전화를 걸어본 적이 있었다. 연결되지 않는 번호라는 안내 멘트가 들려왔다.

어쩔 수 없지. 가경은 그렇게 생각했다. 어쩔 수 없다고 생각하자 어째서인지 속이 후련하기도 했다.

가경이 게임에 다시 접속한 건 게임 운영이 종료된다는 소식을 듣고서였다. 마지막으로 게임 속 세상과 작별하기 위해 접속했을 때 파도 언니로부터 메시지가 왔다.

— 구름이가 사라졌어.

가경은 그 말이 정확히 무슨 뜻인지, 뭐라고 대꾸해야 좋을지 몰랐다. 얼마간의 시간이 흐르고, 메시지가 하나 더 도착했다.

— 영원히.

그리고 파도 언니도 사라졌다. 가경의 세상에서 영원히.

사라지는 사람들을 어떻게 막을 수 있을까. 나에게 그런 능력이 있을까. 혹은 그럴 자격이 있을까. 구름 언니와 파도 언니가 사라진 뒤, 가경의 머릿속은 질문으로 가득 찼다. 붙잡아도 되는 걸까, 내가. 구름 언니에게 먼저 연락을 했더라면 좋았을까. 파도 언니는 얼마나 오랫동안 내가 접속하길 기다렸을까. 하지만 내가 무슨 말을 할 수 있었을까, 아니, 해야 했던 걸까. 꼬리에 꼬리를 무는 질문들에 파묻혀 질식할 것만 같았다.

가경의 상태를 발견한 건 해외 파견에서 돌아온 엄마였다. 드라이브를 가자며 끌고 나와서는 일요일 이른 아침부터 고속도로를 탔다. 말 없는 몇 시간의 주행 끝에 한적한 바닷가에 도착했다.

"엄마한테 하고 싶은 말 없어?"

하고 싶은 말은 많았다. 하지만 해도 되는 말인지 몰랐다. 그리고 그렇게 생각하는 자신이 싫었다. 스스로를 자격 없는 존재로 여기고 있다는 게 끔찍했다. 엄마는 묻지 않고 기다렸다. 가경은 모래사장에서 마른 나뭇가지를 주워 바다를 향해 던졌다.

"엄마, 나 여자를 좋아해."

그 말을 하려던 건 아니었다. 그런데 그 말을 하지 않고는 다른 어떤 말도 할 수 없었다. 견딜 수가 없었다. 등 뒤에 있는 엄마가 어떤 표정을 짓고 있을지 짐작이 가지 않았다. 가경은 바다 쪽으로 한 걸음 더 내디뎠다.

"나 레즈비언이야."

그러고 싶지 않았는데 울먹이게 됐다. 엄마가 아무 말 하지 않는 이 짧은 정적이 세상 그 어떤 것보다 무섭고 괴로웠다. 가경은 한 걸음 더 바다에 가까이 갔다. 이제 부서진 파도가 발끝까지 밀려와 찰랑였다.

"그래."

엄마가 가경에게 다가와 옆에 나란히 섰다.

"엄마는 알고 있었어?"

"아니."

"그런데 왜 아무렇지도 않아?"

"조금 놀랐는데, 괜찮아. 가경아, 널 내가 낳았잖아. 엄마는 그때 더 놀랐던 것 같아."

엄마와 가경은 신발이 젖지 않도록 뒤로 두어 걸음 함께 물러섰다. 물러선 자리에서 한참 동안 말없이 바다를 바라보았다. 가경에게 그 침묵은 하나도 두렵지 않았다. 마음이 고요했다.

두 사람은 근처 식당에 가서 칼국수를 먹었다. 기계를 쓰지 않고 주인이 직접 손으로 반죽을 밀어 면을 만든다며 그 모습을 사진으로 찍어 벽에 걸어둔 가게였는데 별로 맛이 없었다. 그래서인지 식사를 마칠 때까지 가게 안에 손님은 엄마와 가경뿐이었다. 두 사람은 소곤소곤 작은 목소리로 정말 맛이 없다, 너무 맛이 없다고 투덜거리면서도 칼국수 두 그릇을 싹 비웠다.

집으로 돌아오는 길에 엄마는 아빠에게도 말하고 싶은지 물었다. 가경은 그렇다고 했다. 아빠뿐만이 아니라 자신이 아는 모든 사람에게 다 말하고 싶었다. 누구에게라도 들키거나 걸리는 일이 없도록 먼저 선언해버리고 싶었다.

"그래, 네가 원한다면 그렇게 해. 대신 어른에게 말할 때는 엄마도 같이 있을게. 엄마가 네 보호자니까."

가경은 엄마가 예전부터 준비해온 말을 하고 있는 것 같다고 생각했다. 어쩌면 엄마에게도 사라져버린 사람들이 있는 건 아닐까. 그래서 남겨진 엄마는 다음을 고민하고 준비했을지도 모른다. 언젠가 엄마와 그 이야기를 할 수도 있을 거라는 어렴풋한 예감이 들었다.

늦잠에서 깨어나니 집이 비어 있어 어리둥절했던 아빠는 잠기운을 미처 다 몰아내기도 전에 딸의 커밍아웃을 맞이했다. 그리고 딸의 옆에 가까이 붙어 앉은 아내의 차분한 얼굴이 자신이 해야 할 반응을 알려주고 있다는 걸 다행히도 놓치지 않았다. 가경의 눈치는 아빠에게서 물려받은 것이었다. 그는 자신을 많이 닮은 딸을 조심스럽게 끌어안았다. 저항 없이 순순히 안겨오는 몸이 그토록 고마울 수가 없었다.

월요일 아침 일찍 세 가족은 가경의 학교로 향했다. 디데이는 빠를수록 좋다고 가경이 주장했기 때문이었다. 가경이 고른 첫 번째 목적지는 교장실이었다.

"반 애들한테 말하면 담임 선생님이 알게 될 거고 그러면 교무실에 퍼지고 결국 교장실에 가야 할 거잖아. 굳이 돌아가고 싶지 않아."

결연한 의지와 합리적인 결론이라기보단 스스로도 멈출 수 없는 사춘기의 들끓는 호기였을 테지만 엄마와 아빠는 가경을 말리지 않았다. 대신 가경의 곁을 지키겠다고 했다. 교장실로 향하는 복도에서 가경은 언젠가 구름 언니와 비밀 던전의 최종 보스 몬스터를 잡으러 가던 때를 떠올렸다. 궁수와 주술사 둘이서는 절대 이길 수 없는 강한 몬스터였다. 그래도 둘은 갔다. 알면서도 갔다.

― 우리 너무 비장하지 말고 신나게 가자.

― 그래, 계속 쏘다 보면 언젠가 죽겠지.

호기롭게 말했지만 몇 번이나 죽는 건 몬스터가 아니라 가경과 구름 언니였다. 그래도 재미있었다. 후회하지 않았다. 언니와 게임 하는 거 너무 좋았다. 정말로.

약속도 없이 교장실을 습격하듯 방문한 학생과 보호자 때문에 학교엔 비상이 걸렸다. 그들의 용건이 커밍아웃이라는 것도 전대미문이었다. 선생님들의 혹시나 하는 기대대로 의견을 나누자는 것도 아니었다. 그야말로 선전 포고였다. 당황한 어른들은 침착한 어른들이 상대하게 두고, 가경은 자기 교실로 갔다. 제자리에 앉는 대신 교탁에 가서 섰다. 막상 익숙한 얼굴들 앞에 서니 그제야 두려움이 몰려왔다.

가경은 떨리는 두 손을 마주 잡았다. 할 말이 있다고 입을 뗐다.

"나 레즈비언이야."

아이들이 어리둥절한 표정으로 가경을 바라보았다. 그들을 향해 가경은 씩 웃었다. 거기까진 준비한 거였다. 교실은 진공의 공간처럼 아무 소리 없이 조용했다. 가경은 잠깐 숨을 참았다. 곧이어 자신에게 이어질 말과 표정과 행동 들을 지금껏 무수히 상상해왔다. 그 상상 속에 해피엔딩은 없었고, 독에 내성을 키우듯 스스로를 단련했다고 생각했지만 진짜 현실 앞에서는 아무 소용이 없었다. 가경이 토해내듯 참았던 숨을 내뱉었을 때, 거칠게 교실 문이 열리고 다급히 뛰어온 담임 선생님의 얼굴이 보였다.

재생 버튼을 누른 것처럼 아이들이 일제히 웅성거렸다. 어떤 말도 가경의 귀에 들리지 않았다. 가경은 이번엔 여기까지만 하자고 스스로를 설득했다. 우선 자신을 지키고 다음을 준비하자고. 무기를 정비하고 회복 물약을 준비하던 게임 속처럼. 빠른 걸음으로 교실 밖을 나오는데 등 뒤에서 누군가 "가경아!" 하고 불렀다. 그 목소리는 다정했지만 뒤돌아보지 않았다. 교문 앞에서 엄마와 아빠가 기다리고 있었다.

가경은 중학교를 자퇴하고 검정고시로 졸업장을 땄다. 고등학교는 소수 인원의 대안 학교에 진학했다. 입학식에서 신입생뿐만 아니라 선생님과 재학생 모두가 자기소개를 하는 시간이 있었는데 가경보다 먼저 커밍아웃을 하는 사람이 학생 중에 세 명, 선생님 중에 한 명 있었다. 다음 해엔 그들과 어울려 신입생에게 먼저 커밍아웃을 하는 선배가 되었다.

재학생은 누구나 동아리 하나씩은 가입해 활동해야 했다. 가경은 독서 토론 동아리를 만들었다. 새로 사귄 친구들과 모두 같은 동아리에 들고 싶었는데 그만큼 자리가 난 곳이 없어서 만든 동아리였다. 사실 게임 동아리를 만들려고 했지만 친구들 중에 게임을 좋아하는 사람이 없어서 포기했다. 책을 읽은 감상문을 쓰고, 주제를 정해 토론도 하겠다고 계획서를 적어 냈지만 동아리실로 배정받은 작은 방에 모여 만화책을 읽거나 가요를 틀어놓고 따라 부르며 시간을 보냈다. 동아리에서 책을 열심히 읽는 건 가경뿐이었다. 처음엔 회장이라는 책임감 때문이었는데 읽다 보니 점점 좋아졌다.

책을 읽는 것만큼이나 읽은 책을 소개해주는 걸 좋아해서 사서가 되고 싶었다. 책 읽는 걸 별로 안 좋아하는 친구들도 가경이 소개하는 책은 재미있을 것 같다며 펼쳐 들었다. 그 모습을 보는 게 좋았다. 친구들이 지망하는 학교 중 한 여대에 문헌정보학과가 있어서 거길 목표로 공부했다. 신입생 환영회에서 다들 좋아하는 분야의 책이나 작가 이름을 이야기하는데 가경은 커밍아웃부터 했다. 퀴어 동아리에 가입해 회장이 되었고, 전국의 퀴어 동아리를 찾아다니며 만나는 이들마다 친구가 되자고 권했다. 친구들은 가경을 종종 '과경'이라고 불렀다. 너무 과하다는 거였다. 내가 뭘? 되물으며 뻔뻔스레 굴었지만 시간이 흐를수록 선제공격을 하듯 커밍아웃하는 일은 점차 줄어들었다.

지친 건 아니었고 작전을 바꾼 거였다. 살아갈수록 맞서 싸우고 물리칠 대상보다 지켜야 할 존재가 더 많아졌다. 아무리 붙잡으려 애써도 사라지는 사람이 계속 생겼다. 한 몸 같던 친구들이 불쑥 떨어져나갔다. 괴로웠지만, 어떻게 해야 할지 멈추지 않고 고민했다. 고민하다 보니 정답일지는 몰라도 나름의 답을 찾을 수 있었다.

도무지 완벽히 공략할 수 없을 것 같은 일상이라는 던전을 헤매는 동안 지치지 않게 돕는 것. 친구들을, 삶을 살아내는 동료들을. 그들에게 조금이라도 효과가 있는 회복 물약이 될 수만 있다면 우스꽝스러운 분장을 하고 낯선 사람들에게 "메리 크리스마스!"라고 인사하는 것쯤은 얼마나 쉬운 일인가. 그토록 쉽고 확실한 찰나가 자꾸만 삶에 달라붙는 피로를 녹이고 몸을 가뿐하게 만들어줄 수만 있다면. 얼마든지 애쓰고 간절해지리라 결심했다.

크리스마스이브 저녁. 가경은 빨간 립스틱을 입술이 아닌 코끝에 발랐다. 잡화점에서 산 사슴뿔 머리띠를 쓰고 갈색 니트를 입었다. 산타클로스 복장을 한 친구와 선물 상자를 포장하듯 제 몸에 리본을 휘감은 친구까지 셋이 한 세트처럼 붙어서 클럽 안을 휘젓고 다녔다. 주머니에서 작은 초콜릿과 사탕을 꺼내 여기저기에 던졌다. 그 뒤를 눈사람과 크리스마스트리가 뒤따랐다. 모르는 사람들과 어울려 기념사진을 찍고, 셀수 없이 많은 건배를 했다.

산타클로스와 선물 상자가 데이트를 위해 떠나고, 눈사람과 크리스마스트리도 피곤하다며 집으로 돌아간 뒤. 혼자 남겨진 루돌프는 클럽 앞 골목에서 바닥에 주저앉은 사람을 발견했다. 그 사람은 한동안 움직임이 없어서 꼭 누가 벗어둔 코트 같았다.

취한 것처럼 보이진 않았다. 그렇다면 실연이 분명했다. 이런 날, 이런 곳에, 이런 모습으로 있는 사람의 사연이라면. 가경은 모르는 척 지나가려고 했다. 하지만 주변을 오가는 취객들의 부주의한 발길에 그 사람이, 그 작게 몸을 웅크린 여자가 차일 것만 같아서 그냥 지나칠 수가 없었다.

"괜찮으세요?"

울고 있진 않을까 했던 예상과 달리 여자의 얼굴은 물기 없이 말끔했다. 손수건은커녕 티슈도 없어서 주머니 구석에서 겨우 찾은 구깃구깃한 냅킨을 내민 손이 머쓱해졌다.

"괜찮아요."

여자는 가경의 냅킨을 사양하고는 잠깐 신발 끈을 묶기 위해 웅크리고 있던 사람처럼 덤덤히 일어섰다. 그리고 곧은 자세로 걸어갔다. 망설이거나 휘청대지 않고. 가경은 그 뒷모습이 아주 멀어져서 보이지 않을 때까지 바라보았다. 긴 시간은 아니었다. 돌아섰을 때는 우연히 지나가던 아는 얼굴들을 마주쳤고 그들과 어울려 새로운 가게로 향했다. 밤새 놀고 첫차를 타고 집으로 갔다. 새벽부터 일어나 거실에서 티브이를 보고 있던 엄마의 타박을 들으며 샤워를 했다. 젖은 머리를 대강 말리고 이불 속으로 들어가 깊은 잠을 잤다.

그날 꿈에 그 여자가 나왔었다. 어떤 내용의 꿈이었는지는 잘 기억이 안 나지만, 나온 것만은 확실했다. 잠에서 깬 뒤에도 그 여자의 얼굴이 생생하게 기억이 났으니까. 여자를 향해 "사라지지 마세요"라고 자신이 말했던 것도.

그 여자, 도선미가 지금 가경의 앞에 서 있었다.

"자, 다음으로 이쪽은 우리 막내 이가경. 아직 시보 못 뗀 신규야."

"잘 부탁드립니⋯⋯다?"

"뭐야, 이가경이. 수상하게 마무리가 왜 그래?"

"제 얼굴에 뭐 묻었어요?"

"아뇨, 그게 아니라⋯⋯ 아!"

처음에는 긴가민가했는데 점차 확실해졌다. 가경의 머릿속이 바쁘게 돌아갔다.

"두 사람 아는 사이야?"

"아뇨."

단호하게 대답하는 도선미의 모습을 보며 가경의 머릿속에 한 가지 생각이 번뜩 떠올랐다. 그 생각은 반짝이는 작은 점이었다가 순식간에 다른 점과 이어져 하나의 빛나는 선이 되었다. 얼마 전부터 가경의 골치를 아프게 했던 어떤 문제의 해결 방법이 보였다. 완벽해. 가경은 씨익 웃었다.

팀장을 따라 자신의 책상 쪽으로 향하던 도선미가 문득 뒤를 돌아보았고, 이가경은 그 틈을 놓치지 않고 손을 흔들었다. 앞으로 잘 부탁드려요.

"공무원들은 왜 이렇게 떡을 좋아할까."

가경이 앉은 가족관계팀 민원대 옆자리의 여권민원팀 박 주사가 쑥떡 포장을 뜯으며 혼잣말을 했다. 인사 발령 철이 되면 매일, 어떤 때는 하루에도 여러 번 떡 상자가 사무실에 도착했다. 이사 뒤에 이웃에게 떡을 돌리거나 개업하고 주변 가게에 떡을 돌리는 것처럼, 신규 발령을 받거나 인사이동을 한 공무원 이름으로 떡이 도는 것이 공무원 사회의 오랜 전통이었다. 공무원 생활을 오래한 사람일수록 여기저기서 떡을 보내서 그의 면을 세워주려 했다. 하주시에서는 신규 발령이라면 축하의 의미로 첫 동료가 되는 팀원들이, 인사이동이라면 새로운 팀에 잘 부탁드린다는 의미를 담아 이전 부서에서 함께 일했던 동료들이 십시일반 돈을 모아 떡을 맞춰주었다.

오래전엔 전형적인 시루떡이었다고 한다. 그러다 팥고물이 떨어져서 먹기 번거로웠기 때문인지 절편, 증편 같은 집어 먹기 편한 떡으로 바뀌었다가 꿀이나 단팥 앙금같이 속이 채워진 떡도 돌리다가 나중에는 '떡'이라는 말은 그저 간식거리의 지칭일 뿐이라는 듯 쿠키나 마카롱을 돌리는 일도 있었다. 사무실 근처에 지역의 유명한 가게가 있으면 꽈배기나 찐빵도 심심찮게 등장했다. 간혹 높으신 분들의 영전에는 햄버거나 샌드위치, 핫도그 같은 게 나타나기도 했는데 한턱 쏘는 느낌은 제대로 났지만 '떡 돌리기'의 연장선이라기엔 모호한 부분이 있어서 떡을 한 번 더 돌리는 경우도 있었다.

어쨌든 여럿이 나눠 먹어야 하는 간식거리로, 정년을 앞둔 단체장부터 갓 고등학교를 졸업한 말단까지 모두의 입맛을 무난히 만족시키기엔 결국 떡이 제일이었다. 근무 중에 틈틈이 입에 넣기도 편하고 여럿에게 넉넉히 돌아가기에도 가격이 적당했다. 하지만 아무리 그래도 질리지 않는 건 아니었다. 이번 인사이동 철에 여권민원팀은 나흘째 내리 쑥떡이었다. 새로 온 팀장이 쑥떡을 좋아해서 여기저기서 쑥떡만 보낸다고 했다. 시청 앞의 인사 떡 단골 떡집은 쑥떡이 꽤 맛있는 편이었지만, 그래도 나흘은 심했지. 가경은 자신의 책상에 놓인 딸기 찹쌀떡을 집어 박 주사에게 건넸다.

"주사님, 하나 바꾸실래요?"

"어머, 비싼 거네? 누구한테 온 거야?"

"도선미 주사님이요."

가경은 민원대 창구 안쪽으로 자리한 책상들 가운데 도선미의 책상 쪽을 슬쩍 바라보았다. 도선미의 얼굴은 파티션에 가려져 보이지 않았다.

"선미 주사님은 전에 어디 있었다고 했지?"

박 주사가 목소리를 낮춰 물었다. 이제 겨우 몇 달 옆자리에서 일했을 뿐인 가경도 알 정도로 소문을 좋아하는 호사가인 박 주사는 하주시 직원들의 인사이동은 물론 개인사까지 줄줄 꿰고 있었는데, 도선미에 대해서는 잘 알지 못하는 걸 보면 그동안 도선미가 꽤나 몸을 사려온 모양이었다.

"직전엔 동에 계셨다는데, 떡은 그전에 계시던 문화예술과에서 내려왔어요."

"아, 문예과 이 과장님이 통이 좀 크시긴 하지."

박 주사의 화제는 자연스럽게 도선미가 아닌 문화예술과 다른 직원들에게로 넘어갔다. 가경은 박 주사에게서 도선미에 대해 뭐라도 알아낼 수 있으려나 했던 일말의 기대를 접기로 했다. 지난 일주일 동안 도선미와 가까워지기 위해 나름대로 했던 노력들은 전부 수포로 돌아갔고, 다른 직원들을 통해 가까워질 만한 요령을 얻으려고 했지만 그런 건 없는 것 같았다. 절로 한숨이 나왔다.

가장 확실한 방법은 역시 정공법일지도 모른다. 허심탄회하게 도선미에게 사정을 털어놓고, 도와달라고 부탁하는 것. 하지만 도무지 단둘이 있을 기회가 없었다. 가경은 기회를 만들기 위해 열심이었으니 기회가 생기지 않는 것이 아니라 의도적으로 도선미가 피하고 있는 게 분명했다.

무엇 때문에? 가경의 부탁이 귀찮아서? 하지만 아직 도선미는 가경이 하려는 부탁에 대해 알지도 못했다. 혹시 이가경 그 자체가 싫어서일까? 알게 된 지 이제 겨우 일주일이 지났을 뿐이고, 그사이 제대로 된 대화를 해본 적도 없는데? 가경은 도선미의 시선으로 자신을 살펴보았다. 새로 발령받은 팀에서 만난 직원. 공무원이 된 지 이제 겨우 반년도 안 된 신입. 자신에게 자꾸만 다가와 친한 척 말을 걸어오는 사람. 그리고 예전에 잠깐 마주친 적이 있는…….

"그거였구나."

"네?"

"아, 죄송합니다."

가경은 창구 건너편에 서 있는 민원인에게 어색하게 웃어 보였다. 민원인이 막 제출한 출생신고서가 민원대 위에 있었다. 가경은 서류를 전산에 입력하기 전에 먼저 한번 쭉 살펴보았다. 얼마 지나지 않아 눈에 걸리는 부분이 있었다.

"선생님, 혼인신고 시에 자녀 성을 어머니 성에 따르겠다고 협의 안 하셨나요?"

"그때 안 했으면 지금은 못 하나요?"

"네, 그때 협의하지 않으셨으면 지금은 어머니 성으로 출생신고를 하실 수 없습니다."

"그때는 애를 낳을지 안 낳을지도 몰랐는데 어떻게 그때 정해요? 중요한 건 시기가 아니라 협의 아니에요? 협의했는데 왜 못 해요?"

그러게 말입니다. 저도 답답하네요. 가경은 그렇게 대꾸하고 싶은 걸 참고 배운 대로 대답했다.

"우선 아버지 성으로 출생신고를 하신 뒤에 자녀에게 어머니 성이 꼭 필요하다고 생각하시면 가정법원에 변경 청구 하시고 허가되면 변경할 수 있습니다."

"꼭 필요하냐고요?"

가경이 더 이상 할 수 있는 말은 없었다. 민원인의 얼굴에 떠오른 당혹스러움을 애써 모른 척하며, 가경은 몇 번의 실수 끝에 체득한 '사무적인 표정'으로 모니터만 바라보았다.

공무원 시험을 준비하면서 가경은 법이 얼마나 완고한 고집불통인지 알게 되었다. 몇 개의 단어만 바꾸면 훨씬 더 좋아질 문장들이 절대로 무너지지 않는 거대한 성벽처럼 버티고서 있었다. 대학을 졸업하며 사서 자격증을 따고도 도서관에 정규직 자리가 나지 않아서 계약직으로 옮겨 다니다가 진로를 바꿔 공시생이 되겠다고 마음먹었을 땐 솔직히 자신만만했다. 책을 들여다보며 공부하는 건 적성에 맞는 일이라는 생각도 있었고, 전년도 시험지를 구해 풀어보니 잘할 수 있을 것도 같아서 본격적으로 시험 준비를 시작했다.

국어, 영어, 한국사는 괜찮았다. 대학 수험생일 때와 별로 다르지 않은 방식으로 공부를 해도 되었다. 그런데 행정학 개론과 행정법 총론이 가경의 머릿속에 커다란 물음표를 띄우고 그 물음표를 갈고리처럼 휘둘러 발을 걸어 넘어지게 했다. 이해하지 못할 문장들이 많았다. 이런 이해 불가로 이루어진 법과 행정의 체계로 사회가 유지되고 있다니. 그 당혹스러움은 시험에 합격해 공무원이 된 뒤에도 자주 가경을 답답하게 했다.

하지만 공무를 수행하는 직원으로 일하는 이상 가경 개인의 의견은 중요하지 않았다. 그래서는 안 된다는 걸 깨닫는 몇 달이었다. 가경이 아무리 민원인의 형편과 사정을 공감하고 이해한다 해도 그것만으로 법은 바뀌지 않았다. 가경의 태도에서 예외의 여지가 생길지도 모른다고 기대했던 민원인들이 더 큰 실망으로 항의할 뿐이었다.

"이거 정말 비효율적이고 비합리적인 거 아시죠?"

민원인의 말을 듣지 못한 것처럼 가경은 가만히 기다렸다. 민원인은 출생신고서를 수정해서 다시 제출했고, 법과 규정에 맞게 작성된 서류는 1분도 되지 않아 전산에 등록되었다. 가경은 하주시에서 출생신고를 마친 신생아들에게 선물로 전달되는 꾸러미를 민원인에게 건네주었다. 꾸러미 안에 든 장난감에서 딸랑딸랑 방울 소리가 났다.

가경은 퇴근길 버스 정류장에 혼자 서 있는 도선미를 발견했다. 주변을 둘러보니 마침 아무도 없었다. 재빨리 도선미에게 다가가 얼른 인사부터 했다. 그리고 도선미가 자리를 피하지 않고 묵례를 하자 드디어 기회가 왔다는 생각에 기쁨을 숨기지 못하는 밝은 목소리로 말을 이었다.

"그날은, 잘 들어가셨어요?"

도선미의 표정이 굳는 것을 보고서야 가경은 아차 싶었다. 경솔했다. 하지만 이미 뱉은 말을 주워 담을 수는 없었다. 다른 말로 덮어보기라도 하려는데 그 시도를 도선미의 차가운 목소리가 먼저 막았다.

"이가경 주사님, 너무 그렇게 자기 얘기 먼저 하고 그러지 말아요. 여기 소문이 제일 무서운 조직이야. 내 말 무슨 말인지 잘 생각해봐요."

가경은 도선미가 자신을 피해온 이유를 확실하게 알았다. 두 사람의 첫 만남이 하주시청이 아니라 홍대의 어느 클럽 앞에서였기 때문이었다. 그리고 그 클럽이 레즈비언들만 출입하는 소위 '전용 클럽'이기 때문이었다. 하지만 바로 그 때문에 가경에게는 도선미가 필요했다.

"주사님, 저도 소문이 얼마나 무서운지 잘 압니다. 그렇기 때문에 주사님께 드리고 싶은 부탁이 있어요. 꼭 주사님만 들어주실 수 있는 부탁이에요."

주사님도 제 부탁이 뭔지 알게 되면 들어주고 싶으실 거예요. 가경이 그 말을 하려는데 버스 정류장으로 한 무리의 사람들이 다가왔다. 그중 한 사람이 도선미에게 알은체를 했다.

"선미야~ 이제 퇴근해? 옆에는 누구?"

가경은 지금이 기회라는 걸 알았다. 자신이 도선미를 공격하거나 위험에 빠뜨리려는 사람이 아니라고 증명해야 했다. 가경은 눈치엔 자신이 있었다.

"안녕하세요, 주사님들! 가족관계팀 막내 이가경입니다!"

가경은 무리의 사람들 하나하나에게 꾸벅꾸벅 고개를 숙이며 인사했다. 그러고는 도선미에게 다가가 팔짱을 꼈다.

"문화예술과 주사님들이시죠? 선미 언니한테 말씀 많이 들었어요."

도선미는 가경의 팔을 빼내지 않았다. 가경이 짐작했던 것처럼 조직 내의 구설수를 철저히 피하려는 듯했다. 처음 도선미에게 말을 걸었던 사람은 문화예술과 문화시설팀 송은주 팀장이었고 나머지는 문화시설팀 직원들이었다. 송 팀장 외의 직원들은 도선미와도 처음 보는 사이인지 우르르 통성명을 하며 인사를 주고받는 상황이 되었다.

"우리 선미가 동생들한테 살가운 편이 아닌데 가경이가 잘하나 봐?"

"선미 언니한테 제가 많이 배우고 있어요. 저 이제 겨우 시보 떼거든요. 선미 언니 없었으면 정말 얼마나 힘들었을지."

도선미가 뜨악해하는 것이 느껴졌지만 가경은 멈추지 않고 너스레를 떨었다. 송 팀장은 가경이 마음에 들었는지 원래 누구에게든 스스럼없이 사생활을 공유하는 편인지 중학교에 진학한 자신의 아들 성적 이야기부터 반려견이 최근에 슬개골 탈구 수술을 받았다는 근황까지 줄줄이 늘어놓았고, 가경은 부지런히 맞장구를 치며 도선미의 눈치를 살폈다. 오늘을 놓치면 다음에 또 도선미와 이야기할 수 있는 때가 쉽게 찾아오지 않을 것 같았다. 송 팀장 일행이 떠날 때까지 도선미를 붙잡아 두었다가 다시 이야기를 나눌 생각이었다. 가경은 슬그머니 빼려는 도선미의 팔을 더 단단히 붙들었다.

"어머, 버스 온다. 선미는 저거 타지?"

"팀장님은 기억력도 참 좋으시네요."

"그럼~ 내가 한번 본 건 절대 안 잊어버리잖아."

도선미가 이제 포기하라는 듯 미소 짓고는 가경의 팔을 떼어냈다. 버스가 정류장에 도착했다. 다른 직원 중에 그 버스를 타는 사람은 없는 듯했다. 버스에 오르는 도선미의 뒤를 따라 가경도 버스에 올랐다.

"저도 이 버스를 타서 먼저 가보겠습니다. 주사님들 조심히 들어가세요."

버스가 정류장을 벗어나 달리기 시작했다. 도선미는 가경이 이 버스를 타고 다니지 않는다는 걸 알고 있었다. 가경의 집은 시청 근처여서 애초에 버스를 탈 필요가 없었다. 도선미가 물끄러미 가경을 바라보았다. 그 눈빛이 꼭 가경을 나무라는 것처럼 느껴졌다. 가경이 주눅 든 목소리로 말했다.

"다음에 기억력 좋은 송 팀장님 마주치면, 집이 너무 멀어서 시청 근처로 이사 왔다고 하겠습니다."

어이가 없다는 듯, 도선미가 피식 웃었다.

도선미의 집은 넓은 평수가 아닌데도 짐이 별로 없어 휑뎅그렁했다. 현관문을 열고 들어가니 좁은 복도에 싱크대가 있었고 이어진 주방 겸 거실의 역할을 하는 공간엔 용량이 작은 냉장고와 원형 테이블이 전부였다. 싱크대 맞은편에 두 개의 문이 있었다.

"파란 문이 화장실이에요."

가경이 화장실에서 손을 씻는 사이, 도선미가 싱크대에서 손을 씻고 그릇을 달그락거리는 소리가 들렸다. 화장실도 단출했다. 벽 선반에 놓인 샴푸와 보디 클렌저, 세면대에 놓인 비누, 치약, 칫솔. 모두 한 개씩이었다. 가경은 세면대 거울에 비친 자신의 얼굴을 보며 크게 심호흡을 했다. 긴장해서 입이 자꾸 말랐다. 조용한 카페나 식당에서 이야기할 생각이었는데 어쩌다 도선미의 집까지 와버린 건지.

"커피 마실래요?"

문밖에서 도선미의 목소리가 들렸다. 가경은 이미 다 씻은 손에 다시 한번 물을 끼얹으며 마시겠다고 대답했다. 차라리 잘된 일인지 모른다. 도선미는 방어적인 사람이고, 밖에서는 다른 사람들의 시선 때문에 가경의 이야기를 제대로 들으려 하지 않을 수도 있으니까. 도선미의 집까지 오는 동안에도 벌써 두 명이나 인사를 건네는 사람이 있지 않았던가. 정말 징그러운 하주시. 내일 시청에 출근하면 가경이 도선미의 집에 다녀갔다는 사실을 이미 모두가 알고 있을지도 모른다.

"그날 일을 생색내고 싶은 건 아닌 거 같은데. 대체 나한테 하고 싶은 말이 뭐예요?"

가경이 자리에 앉자마자 도선미는 본론부터 꺼냈다. 테이블 위에는 얼음이 가득 든 유리잔에 담긴 차가운 커피와 김이 피어오르는 뜨거운 커피가 마주 놓여 있었다.

"아까도 말씀드렸던 것처럼, 부탁드리고 싶은 게 있습니다."

"그래요, 부탁이라고 했죠. 무슨 부탁인데요?"

가경은 커피를 한 모금 마셨다. 생각보다 뜨거워서 혀를 데었지만 내색하지 않았다. 물색없이 배가 고팠다. 저녁이라도 먹고 이야기하자고 할걸. 뒤늦게 후회가 됐다.

어떻게 말하는 게 좋을지 수없이 연습했었다. 첩보 작전을 수행하는 스파이에게 하듯이 제안해볼까, 외계인의 침략에 맞서는 슈퍼 히어로의 동료를 영입하는 것처럼 말해볼까, 아니면 결연한 인권 운동으로 비치는 것도 나쁘지 않을 것이다. 그런데 입 밖으로 나온 말은 준비하지 않은 것이었다.

"주사님, 저는 제가 공무원이 될 줄은 몰랐어요. 나중에 커서 공무원이 되겠다고 다짐하는 아이가 있을까요. 공무원이라는 직업은 아무래도 특색이 없잖아요. 아, 경찰관이나 선생님도 공무원이니까 정정해야겠네요. 일반행정직 공무원 말이에요."

엉뚱하게 들릴 말일 텐데도 도선미는 가만히 듣고 있었다. 가경이 계속 말했다.

"무슨 일을 하는지도 정확히 몰랐죠. 안정적인 직업이다, 정년이 보장된다, 연금도 나온다고 하니까. 그 정도면 충분할 거라고 생각했어요. 11개월 29일째마다 사직서를 쓰고 계약직으로 전전하는 게 힘들었거든요. 제가 공무원 시험을 보겠다고 하니까 부모님이 좋아하시더라고요. 합격했을 땐 더 좋아하셨죠. 무슨 올림픽에서 메달이라도 딴 것처럼 여기저기 자랑을 하시고요. 1년에 한 번 얼굴 보기도 힘든 친척들부터 이웃 어른들한테까지 칭찬을 들었어요. 엄마가 첫 출근 날에 떡을 보내셨더라고요. 완전 정통으로 시루떡을 크게 한 판 맞춰서. 그 떡을 보고 팀장님이 물어보셨어요. 신입이 어떻게 알고 하주에서 제일 잘하는 떡집에서 떡을 맞췄냐고요. 하주 사람이냐고. 전 서울에서 나고 자랐거든요. 그래서 잘 모르겠다고 대답하는데, 문득 생각이 나는 거예요. 고모일까? 엄마가 고모한테 물어봤을까."

가경은 자신의 고모, 아빠의 누나가 오래전부터 하주에 살고 있다고 말했다. 가경이 공무원 채용 시험에서 하주시에 응시한 것엔 하주시가 경쟁률이 낮은 탓도 있었지만 고모의 영향도 있었다. 서너 살 무렵까지 가경은 유일한 조카로 고모의 사랑을 받으며 하주시의 고모 집을 자주 방문했다. 고모에게 는 빨간 소형차가 있었는데, 가경의 가족들을 태우고 나들이 도 자주 다녔다. 주로 하주 근방이었다. 때문에 가경에겐 하주 가 낯익은 지명이던 것이다.

"고모는 아빠랑 나이 차가 많이 나는 누나였어요. 사실상 어머니처럼 키워준 분이셨죠. 아빠는 고모를 누님이라고 불렀 고, 엄마는 형님이라고 불렀는데, 어린 저는 고모에게 형님이 라는 호칭이 더 잘 어울린다고 생각했나 봐요. 저도 가끔씩 고 모를 형님이라고 불렀다고 하더라고요. 무슨 패거리 대장을 부르는 것처럼. 그러면 고모가 그렇게 좋아하셨대요. 사실 저 는 기억이 잘 안 나요. 워낙 어릴 때니까, 그냥 하주에 사는 고 모가 있었다는 것만 기억했죠."

가경은 고모가 죽은 줄 알았다. 어린 시절 사진 속에 다정한 모습으로 남아 있는 혈족이 곁에서 갑자기 사라진 이유로 다 른 것을 떠올리지 못했다. 자신의 부모와 고모의 왕래가 끊긴 진짜 이유에 대해 알게 된 건 얼마 전이었다. 20여 년 만에 다 시 만난 고모에게서 들었다.

"도선미 주사님."

"네."

"전 레즈비언이에요."

"이가경 주사님이 커밍아웃한다고 해서 나한테도 강요할 순 없어요."

"알아요. 제가 무례하다는 거. 하지만 주사님은, 주사님이시 니까 제 이야기를 들으면 저를 이해하실 수 있을 거예요."

가경은 도선미의 눈을 똑바로 바라보았다.

"50년 가까이 함께 산 두 여자가 부부가 되기 위해 필요한 게 뭔지 아세요?"

이가경의 고모 이순영은 1948년 서울에서 태어났다. 가경 의 아빠인 이진영이 태어났을 때, 이순영은 여고생이었다. 같 은 반 친구였던 송미영을 남몰래 짝사랑했다. 송미영을 따라 수예부에 들었지만 3년 동안 바느질 실력은 전혀 늘지 않았다. 하지만 수백 번 바늘에 손가락 끝을 찔리면서도 송미영의 얼 굴을 맘껏 훔쳐볼 수 있었기에 행복했다. 송미영도 자신을 좋 아했단 사실은 졸업식 날 알게 되었다. 송미영이 이순영의 주 머니에 몰래 넣어둔 편지 덕분이었다. '사랑하는 순영아'라고 시작되는 편지는 송미영에게 약혼자가 있으며 졸업식이 끝나 고 얼마 지나지 않아 결혼하게 될 것이라는 고백으로 이어졌 다. '너와 함께 대학 교정도 거닐어보고 싶었고 바다 건너 외국 여행도 가보고 싶었지만 이젠 그럴 수 없겠지'라며 마지막을 고하는 편지를 읽고서 이순영은 결심했다. 송미영과 약속했던 모든 미래를 현실로 만들기로.

두 사람은 깊은 밤 각자의 집 곳곳을 뒤져 돈과 돈이 될 만한 물건들을 챙겼다. 겹겹이 옷을 껴입고 맨 마지막으로 아버지의 외투를 입었다. 긴 머리를 틀어 올려 모자 속에 숨겼다. 이순영은 남동생의 신발을, 송미영은 오빠의 신발을 신었다. 첫차 시각에 맞춰 서울역에서 만난 두 사람은 목소리를 들키지 않기 위해 직원에게 손짓을 해 기차표를 끊었다. 부산역에 도착하자 커다란 분수대가 보였다. 두 사람의 키보다 한참 높이 솟아오르는 물줄기에 답답했던 속이 시원하게 트이는 것만 같았다.

수예부 선배 중 한 명이 부산으로 시집가 살고 있었다. 선배 언니가 시댁 어른들과 사는 이층집에 방을 한 칸 얻었다. 송미영은 선배 언니와 같이 옷 수선 일을 하고, 이순영은 선배 언니 남편이 하는 식료품점에서 일했다. 2년이 흘렀다. 돈을 모아 이사도 하고 제주도 여행도 다녀왔다. 송미영은 양장점에 취직했고, 이순영은 면허를 따 택시 운전을 했다. 그렇게 계속 살 수 있을 줄 알았다. 하지만 어느 날 이순영이 집에 돌아왔더니 집 안이 난장판이었다. 살림살이가 부서지고 방 안엔 더러운 발자국이 찍혀 있었다. 송미영도 보이지 않았다. 놀란 마음을 추스를 새도 없이 전화벨이 울렸다. 낯선 목소리가 말했다. 죽여버리지 않은 걸 다행으로 알고 다시는 송미영을 찾지 말라고.

이순영은 혼자 남겨진 집에서 매일 술을 마셨다. 가진 돈 전부로 술을 사서 나가떨어질 때까지 술을 마시고 다시 눈을 뜨면 빈 병을 들고 가게로 가서 술로 바꿨다. 그렇게 얼마나 지났을까, 어린 동생 이진영의 손을 잡고 어머니가 찾아왔다. 집을 나올 때는 말도 제대로 하지 못하던 이진영이 어머니에게 이 사람은 누구냐고 묻더니 술 냄새가 나서 싫다고 했다. 어머니는 네 누나라고 말했다. 싫어도 네 누나라고. 이순영은 서울로 돌아왔다. 스물세 살이었다.

송미영이 결혼해 서울을 떠났다는 소식은 동창들에게서 들었다. 이순영과 송미영의 2년은 철없는 여자애들의 가출로 정리되어 있었다. 둘이서 집 나가 살다 보니 너무 힘들어서 부모님께 무릎 꿇고 빌면서 돌아왔다고. 이순영은 정정하지 않았다. 그 시간을, 그 집을, 그 두 사람을 제대로 이야기하는 건 어차피 아무 의미 없는 일이라고 생각했다.

이순영은 택시 회사에 경리로 취직했다. 택시 운전사가 아니라 택시 회사 경리가 여자에게 허락된 일이었다. 가끔, 보는 사람이 없을 때 주차된 택시를 이쪽에서 저쪽으로 몰래 옮겨

놓았다. 시동을 끄기 전에 액셀을 세게 밟고 싶은 욕망이 한 번씩 치밀어 올랐지만 참았다. 어디든 가고 싶은 마음은 있었지만 어디도 갈 곳이 없었다. 핸들을 움켜쥐고서 아무리 전방을 노려봐도 가야 할 곳이 없었다.

회사의 남자 중 몇이 이순영을 좋아했다. 집까지 따라와 이순영의 아버지와 술을 마신 이도 있었다. 친척들은 너도나도 중매를 서겠다며 나섰다. 이순영은 모두 거절했다. 이유도 대지 않았다. 어머니는 설득하고 아버지는 화를 냈지만 이순영은 완강했다. 결혼을 하지 않는 것만 빼면 이순영은 고마운 딸이었다. 부모님께 깍듯했고 나이 차가 많이 나는 남동생을 살뜰하게 챙겼으며 성실하게 일하여 월급을 가계에 보탰다. 그러다 이진영이 중학교에 입학하던 날, 이제는 따로 살겠다고 담담히 말하고 집을 나갔다.

이순영이 언제부터 송미영을 다시 만났는지 이진영은 알지 못했다. 다만 누나가 사는 곳이라며 어머니가 적어준 주소에 찾아갔을 때, 이순영은 송미영과 함께였다. 이진영은 처음엔 누나가 혼자 살기 외로워 마음 맞는 친구와 의지해 살고 있다고 생각했다. 송미영의 남편이 다른 여자와 바람이 나 떠났다는 이야기를 듣고는 힘든 처지의 친구가 마음 약한 누나에게 얹혀사는 것 같아 송미영을 고깝게 보기도 했다. '미영 누님'이라 살갑게 부르면서도 송미영이 어서 누나의 곁을 떠나기를 바랐다.

하지만 그런 일은 없었다. 송미영이 이순영을 떠나는 일. 이순영과 송미영이 같이 살지 않는 일. 그런 일은 다시는 일어나지 않았다. 두 사람은 하주에서 함께 살았다. 둘 모두에게 연고가 없는 곳이었지만 그래서 더 하주가 좋았다.

이진영이 대학을 졸업할 즈음 부모님 두 분이 잇달아 병을 얻어 세상을 떠났다. 삼일장을 함께 지키는 송미영을 보며 이진영은 이순영과 송미영의 사이를 더는 모르는 척할 수 없다는 걸 알았다. 그래서 결혼하고 싶은 사람이 생겼을 때 그 사람과 함께 하주로 갔다. 하지만 막상 이순영 옆에 앉은 송미영을 어떤 말로 소개해야 할지 망설여졌다.

"누님과 오래 가깝게 지내시는 친구분이에요."

그렇게 말하고는 변명처럼 덧붙일 뿐이었다.

"저에게도 가족 같은 분이시죠."

그들은 정말 가족처럼 지냈다. 이순영과 송미영은 이진영의 결혼을 축복했고, 이진영의 아내와 그들의 딸 이가경을 누구보다 아끼고 사랑했다. 이가경도 두 사람을 잘 따랐다. 이순영을 자신의 엄마를 따라 '형님'이라 부르고, 송미영은 사는 곳을 따서 '하주 고모'라 불렀다.

이가경이 초등학교에 들어가던 해, 송미영에게 남편의 자식이라는 사람들이 찾아왔다. 그들은 마치 송미영 때문에 자신들이 마땅히 누려야 할 것들을 빼앗겼다는 듯이 이혼을 요구했다. 이혼. 그 말을 듣고서야 송미영은 아주 오랜만에 그 남자를 떠올렸다. 부산으로 자신을 잡으러 왔던 남자, 머리채를 잡고 뺨을 때렸던 남자, 이순영과 자신을 떼어놓았던 남자, 억지로 결혼을 하고 1년 만에 사라진 남자. 그리고 그 후로도 계속 자신을 아내라는 허울뿐인 자리에 묶어두기 위해 호적에 올려두었던 남자를.

나야말로 원하던 것이라고, 누구보다 간절하게 바라던 것이라고 소리치고 싶었다. 얼마 지나지 않아 죽을 것이라는 남자에게, 그 남자가 죽어서 더 복잡해지기 전에 서류를 정리하기 위해 찾아왔다는 사람들에게, 그 모두에게, 또한 온 세상에 외치고 싶었다.

송미영이 그들이 가져온 서류에 곧바로 도장을 찍어주었다는 말에 이진영은 혀를 찼다. 왜 그렇게 쉽게 도장을 찍어주었느냐고, 그러지 말았어야 했다고 타박했다.

"분명히 재산 분할 때문에 그랬을 텐데. 왜 하자는 대로 다 들어주셨어요? 끝까지 당하기만 하셨네."

안타까워서 했던 말이었다. 송미영이 잃은 것, 손해 본 것,

피해 입은 것을 조금이라도 보상받아야 한다고 생각해서 한 말이었다. 송미영을 위해서 하는 말이라고 생각했다. 그때는 의심 없이 그렇게 믿었고 그래서 망설임 없이 말이 나왔다. 하지만 불같이 화를 내며 다시는 찾아오지 말라고, 연락도 하지 말라고 소리치는 이순영에게 쫓겨나면서 이진영은 깨달았다. 그 보상을 나의 누나가 받기를 원했구나. 이기적이었구나.

이순영은 정말 이진영과 그 가족에게 연락을 끊었다. 이진영은 처음엔 미안해서 연락을 하지 못했고, 시간이 지나자 자신의 나이 많은 누나 그리고 그 누나와 함께 사는 여자를 만나지 않고 사는 것에 익숙해졌다. 이순영을 잘 따르던 이가경도 자라면서 순영 형님과 하주 고모를 잊어버렸다.

이순영을 잊지 않았던 건 이진영과 결혼한 심은미였다. 심은미는 이가경이 하주시 공무원이 되었다는 소식을 이순영에게 알렸다.

"형님께 인사드리러 가라고 할까요?"

"인사는 무슨, 날 기억도 못 할 텐데."

"왜요, 가경이가 형님을 얼마나 좋아했는데."

"그나저나 공무원이면 시청에서 일하나?"

"네, 형님. 시청 가실 일 있으시면 슬쩍 가서 보세요. 민원실 가면 있을 거예요. 가족관계팀이라던데요."

"가족관계팀?"

"요즘엔 호적이라고 안 하고 가족관계 증명이라고 하잖아
요. 출생신고 하고 혼인신고 하고 그런 일 한대요."

이순영은 전화기 너머에서 들려오는 단어들을 메모지에 꾹
꾹 눌러 적었다.

"고모가 시청으로 찾아오신 건 한 달쯤 전이었어요. 그날도
떡을 한 보따리 싸 들고 오셨죠. 제가 점심시간이 짧다고 했더
니 할 이야기가 많다고 퇴근할 때까지 기다리겠다고 하시더라
고요. 시청 앞에 샤브샤브 식당 있잖아요, 거기서 같이 저녁을
먹었어요. 사진을 한 장 보여주셨는데, 고모랑 어떤 여자분이
한복을 입고 찍은 사진이었어요. 저는 그 사진 보자마자 알았
어요. 결혼사진이라는 걸요."

가경은 도선미에게 다시 한번 물었다.

"50년 가까이 함께 산 두 여자가 부부가 되기 위해 필요한
게 뭔지 아세요? 법이 바뀌거나 외국에 나가지 않고, 언젠가는
바라는 대로 될 거라고 기대하면서 기다리지 않고, 나중에 말
고 지금 당장 여기서."

도선미는 대답 없이 가경의 다음 말을 기다렸다.

"바로 저예요. 그리고……."

가경이 흔들리는 도선미의 눈동자를 똑바로 바라보며 제 눈을 맞췄다.

"도선미 주사님이에요."

"그게 무슨 소리예요?"

"공무원이요."

아.

도선미가 가경이 하려는 말을 이제야 알겠다는 듯 짧은 탄식을 내뱉었다.

"그 두 여자가 부부라는 걸 알고 있는, 두 사람을 부부로 만들어주고 싶은 공무원 두 사람. 그거면 돼요."

　　하주시는 인구가 많은 편이 아니었고 그마저도 점차 줄고
있었지만 시청 민원실엔 사람들의 발길이 매일 끊이지 않았다.
그중에서도 가족관계팀을 찾아오는 건 자신의 삶에 생긴 변화
를 공인된 문서로 남기려는 사람들이었다. 출생, 사망, 혼인, 이
혼……. 삶의 희로애락을 지정된 양식에 적어 넣는 사람들. 그
들이 신고하고 때로는 정정하려는 일이 무엇인지 그들의 얼굴
에 떠오른 표정만으로는 섣불리 짐작하기 어려웠다. 아이의 탄
생이 기쁜 사람도 괴로운 사람도 있었고, 누군가의 죽음 앞에
서 슬퍼하는 사람도 다른 기대를 품는 사람도 있었다. 만남도
이별도 제각각의 의미를 가졌다. 도선미는 대기석에 앉아 자신
의 대기 번호가 불리기를 기다리는 사람들, 저마다 헤아릴 수

없는 이야기를 가진 그 사람들과 그들을 향해 앉은 이가경의 뒷모습을 바라보았다. 가경이 민원인을 향해 고개를 끄덕일 때마다 색이 밝은 단발머리가 찰랑찰랑 흔들렸다.

선미가 가경에게서 제안을 받은 날로부터 일주일이 흘렀다. 그날 이후로 가경은 선미에게 그 이야기를 다시 꺼내지 않았다. 고민할 시간을 주겠다는 건지, 일단 말을 꺼냈다는 것만으로도 후련해진 건지. 오히려 마음이 조급해지는 건 선미 쪽이었다. 선미를 재촉하지 않는 가경의 모습은 선미가 거절할 가능성을 생각하지 않는 것처럼 여유롭게 보이기까지 했다. 선미는 가경이 자신의 집을 나서면서 했던 말을 떠올렸다.

"시간이 많지 않아요. 하주 고모가 암이래요."

죽음을 앞두고 지난 생을 돌이키자, 사랑하지 않는 사람과 오랜 시간 법적인 부부로 살았다는 후회보다 사랑하는 사람과 한 번도 법적인 부부가 되지 못했다는 회한이 가경의 하주 고모 송미영을 고통 속에 빠뜨렸다. 마약성 진통제를 투여해야하는 신체의 통증을 뛰어넘는 마음의 고통. 선미는 그날 밤새도록 그 고통에 대해 생각했다. 마음을 마구 짓이기고 불에 태우는 엄청난 고통이, 직접 겪지 않았음에도 생생하게 그려졌다. 연민이 아니라 예감 때문에. 송미영과 같은 이유로 자신에게도 그런 고통의 날이 생에 꼭 한 번은 찾아올 거라는 예감 때문에.

"나란히 이름 적힌 종이 한 장, 그거 딱 한 번만 보여주고 싶어."

20여 년 만에 만난 고모 이순영이 말하는 그 종이가 그저 모양만 그럴싸하게 만든 가짜를 뜻한다는 걸 이가경은 알았다. 2022년의 대한민국에 이순영과 송미영의 진짜 혼인증명서가 존재할 수 없다는 사실을 이순영이 모를 리가 없었다. 이순영이 원하는 건 그저 송미영을 안심시키는 거였다. 아니, 한순간이라도 웃게 하는 거였다. 두 사람이 함께 작성한 혼인신고서를 제출하는, 일종의 퍼포먼스와 가짜 증명서. 두 사람의 진짜 관계를 알고 있는 한 명의 목격자, 증인으로 가경을 초대하는 거였다. 가경은 차마 그 앞에서 공문서 위조니 직권 남용이니 하는 말을 꺼낼 수 없었다.

"안 된다고 말하지 못했어요. 그렇게 말하면……."

가짜조차 안 된다고 말하면, 진짜 비참해지니까. 선미는 가경의 그 마음을 알 것 같았다. 모를 수가 없었다. 왜 안 되나? 왜 안 되어야만 하나? 입 밖으로 꺼내면 가장 먼저 스스로가 납득하지 못할 말일 테니까.

두 사람의 이름이 적힌 진짜 종이, 공인된 문서가 존재하지 않는 건 아니다. 한집에 전입 신고를 하고 사는 이순영과 송미영은 주민등록등본을 떼면 나란히 이름이 올라 있을 것이다. 서로의 동거인으로. 두 사람은 전기세와 수도세를 나눠 내고, 욕실 세면대엔 두 칫솔이 자리하고, 하나의 수건을 번갈아 쓸 것이다. 그렇게 생활을 공유하고 삶을 함께해왔을 것이다. 하지만 동거인은 법률상의 가족이 아니다. 두 사람은 각자의 이름으로 건강 보험에 가입해야 한다. 병원에 입원한 송미영이 의식을 잃으면 그의 처치에 대해 이순영은 아무런 말도 하지 못한다. 법적 보호자가 아니니까. 만약 송미영이 죽으면, 이순영은 송미영의 사망신고도 하지 못한다. 송미영의 부모나 오빠가 살아 있다면 그쪽에서, 혹은 얼굴 한번 보지 못한 오빠의 자식들이, 어쩌면 송미영과 전 남편의 자식으로 출생신고가 되어 있던 이들이 송미영의 장례 절차를 결정할지도 모른다. 이순영은 송미영의 장례식장에서 쫓겨날 수도 있다. 그런 일들이 두려워서 송미영은 매일 밤 입원실의 침대 위에서 소리 죽여 울고, 이순영은 애써 잠든 척한다.

그러니 그들이 정말로 보고 싶어 하는 건 다만 종이 한 장이 아니다. 기념으로 간직할 형태가 아니라 그 안에 담긴 실재하는 영향력이다. 하지만 그걸 도대체 어떻게, 고작 공무원 둘이서 한단 말인지. 가경은 방법이 있는 것처럼 굴었지만 선미는 더 묻지 않았다. 가경의 말을 막고 그만 가달라고 말했다. 가경은 순순히 자리에서 일어났다. 일어나면서 속삭이듯 말했다.

"우리는 알잖아요. 이 일이 어떤 일인지."

선미는 언젠가 은경이 '동거인'이라는 단어에 화를 냈던 일을 기억했다. 대학원에서 같이 공부하는 사람 중에 자신의 남편을 동거인이라고 부르는 사람이 있다는 거였다. 그 사람과 은경이 공통으로 알고 지내는 대학원 밖의 친구가 있는데, 그 친구가 자신의 연인을 동거인으로 칭하는 걸 보고는 따라 한다고 했다. 결혼에 대한 사회적 인식이 싫다며 동거인이라는 말이 적당하게 느껴진다고.

"청첩장을 300장씩 돌려서 결혼식을 열고 신혼여행은 발리로 다녀왔어. 나 그때 축의금도 10만 원이나 냈잖아. 결혼식 전에 혼인신고 하고 신혼부부 특별 공급으로 아파트 분양받았으면서 자기 남편이 동거인이래. 그냥 같은 집에 사는 사람이래. 그러면 뭐 되게 쿨하게 보일 줄 아나? 진짜 웃기고 있어. 프로필 사진도 웨딩 사진이면서!"

은경은 비웃듯이 말을 꺼냈다가 점점 화를 내더니 결국 울먹였다. 얄밉고 분하다고, 약이 오른다고 했다. 그 사람이 동거인이라고 자신의 남편을 칭할 때, 그 말을 듣는 사람들은 그 단어가 남편의 다른 표현이라는 걸 모르지 않는다고. 하지만 그 사람에게 동거인이라는 말을 빼앗긴 친구가 동성 연인과 함께 살고 있다는 걸 그 사람은 모른다고. 그 사실이 은경의 마음을 시시때때로 비틀리게 한다고 했다.

"선택할 수 있다는 거, 선택하지 않는 것도 선택할 수 있다는 게 얼마나 큰 권력인지 알려고도 하지 않잖아."

은경은 친구가 자신의 연인을 동거인이라고 표현할 때, 그 말에는 분명 자조가 들어 있었다고 말했다. 연인 관계를 가장 안전하게 표현할 수 있는 말이 고작 동거인일 때, 그럼에도 그 말이 아무것도 속이는 말이 아니라는 사실에 위안을 얻는다는 것이 어떤 의미인지. 모르는 사람들, 영영 알려고도 하지 않는 사람들이 지긋지긋하다고.

선미도 알았다. 레즈비언만 가입할 수 있는 사이트에 자기소개를 올려서 만난 사이, 다른 레즈비언 친구에게 소개받아 만난 사이, 서로를 알아보고 정체성을 고백해 만난 사이. 그런 사이를 연인이라고 소개하지 못하는 사람들 앞에서 에둘러 친구나 룸메이트, 사이좋은 언니 동생이라고 포장해야 할 때 반발심이 들지 않는다고 하면 거짓일 것이다. 그러니 동거인이라는 '증명'할 수 있는 단어로 둘 사이를 표현하면서 느끼는 안도감은 당연히 열패감을 동반할 수밖에. 싸움인지도 모르는 상대에게 매번 질 수밖에.

"걔네들은 몰라. 아무것도 모른다고!"

그때, 은경이 그렇게 소리칠 때, 선미는 뭐라고 했었나. 별일도 아닌데 너무 신경 쓰지 말라고 다독였나. 그렇게까지 과민 반응할 건 없다고 핀잔했나. 아니면 같이 그 사람을 비난했나. 우리도 보란 듯이 결혼하자고, 청첩장 돌리고 예식장 빌려서 요란하게 결혼하고 신혼여행도 가자. 혼인신고 해서 신혼부부 대출도 받고 아파트 청약도 하고 잘 먹고 잘 살자고 말했나. 우린 꼭 그렇게 할 거라고, 그런 날이 올 때까지 함께일 거라고 다짐하면서 은경의 손을 잡았나. 기억나지 않았다. 그저 속으로 했던 생각만은 기억이 났다. 은경이 안쓰러웠다.

화가 나고 약이 오르는 일, 그런 일은 너무 많은데. 앞으로도 아주 많을 텐데. 하나하나 상처 받으면 억울해서 어떻게 살까.

선미는 그렇게 은경을 안쓰러워하며 은경과 자신은 너무 다른 사람이고 그래서 오래 함께하지는 못할 거라고 생각했었다. 자신의 그런 생각에 문득 마음이 아파오는 순간이 있었으면서도 생각을 바꾸지는 못했다.

왜였을까. 왜 가경의 이야기를 들으면서, 여든에 가까운 나이가 될 때까지 연인으로 살았다는 두 여자의 이야기를 들으면서, 그들이 그저 연인이 아니라 부부가 되기를 원한다는 이야기를 들으면서 그날 은경의 얼굴과 자신의 체념을 떠올렸을까. 그래, 그건 체념이었다. 선미는 사실은 원하면서 포기했다고 속여온 자신의 마음이 한없이 부끄러웠다. 다른 누구도 아닌 스스로에게.

"157번! 157번 안 계세요?"

가경이 소리 높여 외치는 소리가 들렸다. 대기석에 앉아 있던 사람들이 주위를 두리번거렸다. 가경은 조금 기다렸다가 158번을 호출했다. 젊은 남자가 자리에서 일어섰다. 그리고 그 뒤를 또래의 남자가 뒤따랐다. 선미는 자기도 모르게 자리에서 일어나 창구 쪽으로 걸어갔다. 심장이 요란하게 뛰었다. 만약 저 두 사람이 부부가 되기를 결심한 연인이라면, 그래서 지금 혼인신고서를 제출하려는 거라면.

지금까지 그런 일이 없었던 건 아니다. 용기를 낸 연인들이 있었다. 세상이 바뀌기를 기다리기보다 세상을 바꾸려고 했던 연인들. 아니, 그저 사랑하는 사람과 바로 그 순간에 부부가 되고 싶었던 연인들. 어느 주민센터에, 구청에, 시청에 그들은 혼인신고서를 제출했다. 자신과 연인의 이름을 혼인 당사자로 적어서. 그리고 그들의 신고서는 모두 불수리되었다. 수리되지 않음. 법규상의 요건을 충족하지 못해 유효한 행위로 인정할 수 없으므로 거부함.

공무원이 된 뒤로 선미는 자주 상상했었다. 민원 창구에 앉아 있는 자신에게 그런 연인들이 찾아오는 일을. 그런 상상을 할 때면 언제나 무서웠다. 참지 못하고 눈물을 보이거나 자리를 박차고 나가는 바람에 다른 직원들에게 의심을 살까 봐 걱정이 됐다. 도무지 아무렇지 않은 척할 자신이 없었다.

선미가 가경의 바로 등 뒤까지 다가갔을 때, 창구 쪽으로 걸어오던 두 남자 중 한 사람이 몸을 틀어 옆 창구로 향했다. 손에는 유효기간이 만료되었을 여권을 들고서. 가경의 앞에 선 158번 남자가 내민 건 사망신고서였다. 그는 자신의 민원을 처리해줄 공무원 뒤에 선 다른 공무원을 의아한 얼굴로 바라보았다. 가경도 뒤를 돌아보았다. 선미는 얼떨결에 가경의 어깨에 손을 얹었다.

"이따 잠깐 내 자리로 와요."

말을 해놓고 보니 가경의 옆자리에 앉은 같은 팀 직원의 눈치가 보였다. 가경이 자리를 비우면 그만큼 그의 일이 늘어날 것이므로 선미의 호출이 혹시나 사적인 용건은 아닌지 귀를 세우고 있을 것이 분명했다. 지난번 버스 정류장에서 문화예술과 직원들과 마주쳤을 때 친한 척 말을 놓았던 것이 팀원들에게도 알려졌다. 팀끼리 식사를 하거나 커피를 마시는 자리에서 가경은 보란 듯이 선미를 '선미 언니'라고 불렀고, 조직을 가족에 비유하길 좋아하는 양기택 팀장은 한 식구끼리 가까이 지내는 모습이 얼마나 보기 좋으냐며 소리 내어 웃었다.

"아, 급한 건 아니니까 창구 마감하고 와도 되고."

선미의 얼굴에서 무엇을 읽은 걸까. 가경이 웃는 얼굴로 고개를 끄덕였다. 선미는 민원인을 향해 친절한 미소를 지어 보이고 돌아섰다. 그리고 제자리로 가기 전에 괜히 복사기 근처를 기웃거리며 이면지를 뒤적였다.

선미의 자리로 가경이 찾아온 건 퇴근 시간이 지나서였다. 마감 시간이 다 되어서 창구에 일이 몰린 탓에 뒷정리를 빨리 하려고 했는데도 어쩔 수 없었다고 했다. 선미는 청산유수로 말하는 가경을 미심쩍게 바라보았다. 겉옷을 챙겨 입고 가방까지 둘러멘 가경은 싱글싱글 웃는 얼굴이었다. 선미가 업무 때문이 아니라 다른 일로 자신을 불렀다고 확신하는 얼굴.

민원실을 같이 쓰는 다른 팀들이 퇴근하면서 사무실 곳곳의 등이 꺼졌다. 선미가 가경을 기다리는 동안 팀원들도 다 퇴근했고 이제 민원실에 등이 켜진 곳은 선미의 머리 위뿐이었다. 선미는 작게 한숨을 쉬고 자리에서 일어섰다. 더 피할 수는 없을 것 같았다.

"가죠, 가면서 얘기합시다."

저번엔 선미의 집으로 갔으니 이번엔 자기 집으로 가자는 가경의 말에 두 사람은 가경이 살고 있는 시청 근처 오피스텔로 향했다. 사거리를 두 번 지나면 도착하는 가까운 곳이었다. 선미는 그날 버스에서 시청 근처로 이사했다고 말하겠다던 가경의 모습이 문득 떠올라 피식 웃었다. 어쩜 그런 말을 아무렇지도 않게 할까. 선미를 언니라고 부르고, 다른 직원들 앞에서 넉살 좋게 웃고, 버스를 따라 타고. 자신과 달리 강심장으로 보이는 가경이 신기하기만 했다.

집에 마땅히 마실 만한 것이 없다는 가경의 말에 오피스텔 1층 편의점에 들렀다. 선미는 탄산수를, 가경은 바나나 우유를 집었다.

"제가 바나나는 별로 안 좋아하거든요. 그런데 우유는 꼭 바나나 우유만 마셔요."

"그렇군요."

딱히 대꾸할 다른 말이 없어서 선미는 건성으로 내뱉었다. 가경은 배가 고프다며 컵라면 몇 개를 골라 집었다.

"주사님도 하나 고르세요."

"난 괜찮아요. 집에 가서 먹으면 돼요."

"벌써 여덟 시인데요. 그럼 너무 늦잖아요."

선미는 너무 늦어질 정도로 긴 이야기를 할 게 아니니 괜찮다고 재차 사양하려다가 길고 짧은 것이 문제가 아니라 자신이 가경에게 할 말을 아직 정하지 못했다는 걸 깨달았다. 충동적으로 가경을 부르고서 기다리는 동안 가경의 제안을 거절할 것인지 수락할 것인지 내내 고민했지만 답을 내리지 못했다. 거절한다면 바로 자리에서 일어나면 될 것이다. 수락한다면 그다음에 대해 긴 이야기를 해야 할지도 모른다. 망설이는 선미의 품으로 가경이 컵라면 하나를 안겼다.

"그거 신상인데, 맛있어요. 드셔보세요."

선미의 대답을 듣지도 않고 가경은 아이스크림이 든 냉동고로 향했다. 진지한 얼굴로 유리 너머 아이스크림들을 노려보더니 이내 결심했다는 듯 비장하게 문을 열고 콘 아이스크림을 종류별로 다섯 개나 집었다. 손이 모자라 보여서 선미가 가경이 고른 컵라면들을 대신 들어주었다. 고맙습니다, 말하는 가경의 목소리에 노래처럼 부드럽게 이어지는 높낮이가 있었다.

현관문을 열고 들어서자 바닥에 놓인 알록달록한 꽃무늬 러그가 보였다. 가경이 구석에서 복슬복슬한 노란색 털 슬리퍼를 찾아 선미가 신기 좋게 돌려놓았다.

"걱정 마세요, 제 것도 있어요."

선미는 아무 말도 하지 않았는데 가경이 혼자 너스레를 떨며 신발장에서 포장을 벗기지 않은 새 슬리퍼를 꺼냈다. 선미에게 신으라고 건넨 것과 같은 디자인에 색만 다른 연두색 털 슬리퍼였다.

"커플 슬리퍼로 산 건데 신을 일이 없어서 넣어두다가, 아!"

가경은 깜짝 놀라며 선미가 아직 신지 않은 노란색 슬리퍼를 자신이 신고 연두색 슬리퍼를 그 자리에 내려놓았다.

"아무래도 손님이 새걸 신으시는 게 맞겠죠?"

그 뒤로도 가경은 선미에게 소파에 앉으라고 권했다가 아일랜드 식탁 앞에 놓인 등받이 없는 의자에 방석을 올렸다가 불편할 테니 다른 의자를 가져오겠다고 하는 등 부산스럽게 굴었다. 긴장한 모양이었다. 끝까지 숨기지는 못하는 사람이구나. 생각보다 강심장도 아닌 모양이야. 선미는 그렇게 생각하며, 지난 일주일 동안 자신에게 어떤 결정을 내렸느냐고 차마 묻지 못했을 가경이 조금은 짠하게 느껴졌다.

생활에 필요한 짐을 최소한으로만 놓고 사는 선미의 집과 다르게 가경의 복층 오피스텔은 구석구석 빈 자리 없이 물건들로 채워져 있었다. 소파 옆엔 티 테이블, 창가엔 화분을 올려둔 스툴 몇 개, 티브이를 올려둔 선반 아래 칸엔 음반과 디브이디. 계단 밑에 마련된 수납공간에도 아기자기한 소품과 작은 액자, 책과 노트가 자리 잡고 있었다. 선미는 가경이 컵라면을 익힐 물을 끓이는 동안 선반에 놓인 액자 속 사진을 구경했다.

친구들과 찍은 것으로 보이는 사진 속에서 가경은 당장이라도 웃음소리가 들릴 것처럼 신나게 웃고 있었다. 그 모습이 선미에겐 무엇보다 편안해 보였고, 그래서 부러웠다.

"다 됐어요, 드세요!"

자리에 앉은 선미는 예상하지 못한 상황에 헛웃음이 나왔다. 자신의 앞엔 카레를 버무린 면이, 가경의 앞엔 로제 크림소스에 버무린 면이 놓여 있었다. 컵라면이라기에 막연히 매운 국물을 떠올렸을 뿐, 계산하고 들고 오는 내내 어떤 컵라면인지 자세히 보지 않았다. 첫 만남을 무심히 지나친 탓일까, 항상 예상 밖이다. 가경이 다시 내미는 것들은.

"잘 먹을게요."

선미는 카레를 별로 좋아하지 않지만 냄새를 맡으니 새삼스레 허기가 몰려와 침이 고였다.

각자의 컵라면을 비우고 후식으로 콘 아이스크림도 하나씩 먹는 동안 선미와 가경은 해야 할 말 대신 다른 말들을 했다. 가경의 옆자리에서 함께 민원 접수를 하는 김도연이 취미로 테니스를 친다는 이야기, 선미의 맞은편에 앉는 정창민의 허술한 일처리, 회식 자리에서 양기택 팀장이 술에 취하면 빼놓지 않고 부르는 트로트. 두 사람이 대화를 이어갈 수 있는 화젯

거리는 그렇게 같은 팀 사람들이거나 팀의 업무뿐이었고 그걸 빼면 남는 건 피할 수 없는 하나였다.

"난 가경 주사님이 어쩔 생각인지 모르겠어요."

선미는 식탁 끄트머리에 자신의 두 손을 살짝 걸쳤다. 그리고 그 손끝을 바라보며 천천히 말을 이었다.

"할 수 없는 걸 할 수 있다고 말하면 그분들께 더 실례가 아닐까요."

"아니에요."

가경의 목소리에는 힘이 있었다.

"아니에요, 주사님. 우린 할 수 있어요."

가경은 고모 이순영이 자신을 찾아왔던 다음 날 평소보다 일찍 출근했다. 아직 아무도 출근하지 않은 시청 민원실 문을 열고 들어가 불도 켜지 않은 채 자신의 자리로 가서 컴퓨터의 전원 버튼부터 눌렀다. 이제는 익숙해진 전산 시스템에 접속해 혼인신고 접수 창을 열었다. 그리고 지금껏 수백 번은 채워 나갔을 빈칸들을 가만히 바라보았다.

"왜 그랬는지 모르겠어요. 고모를 만났을 때 두 분의 주민 등록번호는 받아왔거든요. 그냥 맨날 하던 것처럼 창을 채워 나갔어요. 그런데 막히지가 않는 거예요. 내가 잘못된 일을 하고 있다고, 뭔가 이상하다고, 경고하는 창이라도 뜰 줄 알았는데 그런 게 없는 거예요. 아, 하나 있긴 했다. 남편 자리에 여성을 입력했는데, 맞는 거냐고 확인하더라고요. 거기서 좀 망설이긴 했어요. 우리 고모가 남편인가? 하주 고모가 남편인가? 어차피 증명서엔 서로의 배우자로 나올 테니까 큰 문제는 없겠다고 결론 내렸죠."

모든 칸이 빠짐없이 채워진 접수 창을 보며 가경은 자신이 마지막 버튼을 누르고 난 뒤에 벌어질 일을 생각했다.

혼인신고의 처리 절차는 가경이 가족관계팀으로 발령받고서 제일 먼저 배운 것 중 하나였다. 창구에 혼인신고서가 들어오면 누락된 곳이 없는지, 신고자가 실수한 부분은 없는지 살핀다. 다시 작성해야 하는 곳이 있으면 신고자에게 상세히 안내한다. 신고서에 이상이 없으면 전산 시스템에 해당 내용을 입력해 접수 창을 채운다. 입력이 완료되면 '접수' 버튼을 누른다. 접수된 순서대로 신고서 원본을 정리한다. 거기까지가 가경이 맡은 접수 업무였다. 접수가 완료된 신고서는 '기록' 단계로 이관된다. 가족관계팀의 차석이 담당하는 일이다. 하루 동안 접수된 신고서가 다음 날 차석에게로 전달된다. 차석은 접수된 신고서에 이상이 없는지, 제대로 전산에 입력이 되었는지 다시 확인한다. 문제가 없으면 '기록' 버튼을 누른다. 이렇게 하루 동안 기록된 신고서들을 그다음 날 팀장이 최종 결재

한다. 최종 결재가 되면 혼인신고 절차가 마무리된 것이고 혼인관계증명서가 발급된다.

"접수도 되지 않을 줄 알았는데, 될 것 같더라고요. 일단 접수가 되면 기록 버튼을 눌러줄 사람, 결재할 사람만 있으면 되는 거잖아요."

"그 기록 버튼을 눌러줄 사람이 나군요."

선미는 가경의 계획을 이해했다. 그리고 곧바로 계획의 허점도 깨달았다.

"내가 기록한다고 해도 팀장님이 결재하셔야 해요. 설마 팀장님도 끌어들이겠다는 건 아니죠?"

"팀장님은 휴가 때면 차석에게 대결을 맡기고 가세요. 다음 주에 사모님 수술 때문에 사흘 동안 휴가 가시고요."

가경이 예상보다도 더 구체적으로 계획을 세웠다는 사실에 선미는 당황했지만 티 내지 않으려 하면서 말했다.

"그래요, 그렇게 한다고 쳐요. 하지만 내가 대결해서 결재까지 한다고 해도 월 점검 때 걸릴 거예요."

시청에 접수된 혼인신고서는 한 달에 한 번씩 원본을 모아 가정법원에 제출한다. 혼인신고서뿐만이 아니라 가족관계팀에 접수되는 출생신고서, 사망신고서, 이혼신고서 모두 그렇게 한다. 가족관계 등록 업무는 원래 가정법원의 일이고 지방

자치단체에 위임한 것이기 때문이다. 하주시청 가족관계팀은 매달 첫 번째 목요일마다 지난달에 접수된 신고서를 들고 관할 가정법원에 가서 제출하고 업무 관련 교육을 받았다. 그 제출 전에 한 달 치 신고서를 다시 들여다보며 전산 시스템에 실수가 없었는지 살피는 것이 '월 점검'이었다. 월 점검은 접수와 기록을 담당한 직원이 아닌 다른 직원이 맡았다.

"그거면 돼요."

"그거면 된다고요?"

"결재까지만 되면 혼인관계증명서는 발급받을 수 있잖아요."

"그건 아무런 효력이 없는 문서가 될 거예요."

"그래도 그 순간엔 진짜잖아요."

"진짜를 가졌다가 잃으면, 그렇게 다시 예전으로 돌아가면 두 분께 더 큰 상처가 될 수도 있어요."

월 점검 때 그 기록이 발견되면 바로 '직권정정' 될 것이다. 혼인은 무효가 되고, 다시 예전으로 돌아간다.

"아뇨. 예전과 같지 않아요. 정정 기록이 남잖아요. 두 사람이 짧게나마 혼인관계였다고. 그런데 그게 무효가 되었다고. 정정을 하면 무엇을 정정했는지 밝혀 적어야 하니까. 무슨 일이 벌어졌는지 다 기록하는 거. 그게 대한민국 행정이잖아요."

선미는 비로소 가경의 계획을 온전히 이해했다. 가경이 두 사람, 이순영과 송미영에게 주고 싶은 기록이 무엇인지. 어떤 진짜를 만들고 남기고 싶은지.

"이 계획은 주사님을 만나서 세운 거예요."

가경이 이순영과 송미영의 혼인신고 접수 창을 채워본 건 선미가 가족관계팀으로 첫 출근하기 며칠 전이었다. 가경은 접수 버튼만 누르면 되는 창을 바라보면서 어렴풋이 계획의 얼개를 떠올렸지만 상세히 하지는 못했다. 선미의 전임자는 신뢰할 수 없는 사람이라고 생각했으니까. 혼자서는 할 수 없는 일이었기에 가경은 다른 이들이 출근하기 전에 접수 창을 닫으려 했다.

[작성하던 내용을 저장하시겠습니까?]

확인 버튼과 취소 버튼. 취소 버튼을 누르면 모든 것이 사라진다.

가경은 취소 버튼을 누를 수가 없었다. 이미 알게 된 사실을 도저히 모르는 것으로 할 수가 없었다. 알기 전으로 되돌릴 수가 없었다. 그래서 임시 저장 해둔 그 입력 창을 몰래 한 번씩 열어보며 며칠을 보냈다. 그리고 선미가 나타났다.

"저번에 전산 시스템 업데이트한다고 했었거든요. 아마 그때 뭔가 바뀌어서 접수가 되는 거 같아요. 그러니까 월 점검 때

걸리면 전산 오류인 거 같다고 잡아떼면 어떨까요. 아니면 그냥 실수라고, 뭐에 홀렸는지 기억이 안 난다고요."

가경이 재미있는 장난을 치려는 어린아이처럼 쿡쿡 웃었다. 선미는 그 모습이 어처구니가 없어서 할 말을 잃은 채 잠시 바라보았다. 그러다 퍼뜩 정신을 차리고 자리에서 일어섰다.

"미안하지만, 못 들은 걸로 할게요."

"이미 들으셨는데 못 들은 게 되나요."

"잊어버릴 거예요."

"그렇게 안 되실걸요."

저도 그렇거든요. 한번 떠올리고 나니까 머릿속에서 사라지질 않거든요.

가경의 눈빛은 진지했다. 선미는 쫓기는 사람처럼 짐을 챙겼다. 멀리 나가지 않겠다며 가경은 현관 앞에서 선미를 배웅했다. 선미가 엘리베이터를 타고 1층에 도착했을 때, 가경에게서 문자 메시지가 도착했다.

— 디데이는 팀장님 휴가 첫날로 해요.

그날 분명 답장을 하지 않았는데도 가경은 선미를 마주치면 찡긋 한쪽 눈을 감곤 했다. 기억하라는 듯이. 얼마 남지 않은 디데이를 잊지 말라는 듯이.

월요일 아침, 선미는 긴장 속에 출근했다. 가경이 말한 디데이, 양 팀장의 휴가까지는 이틀이 남았다. 양 팀장은 아내의 허리 디스크 수술을 이유로 수요일부터 금요일까지 휴가를 냈다.

"자리 비우는 동안 선미가 수고 좀 해줘."

가경의 말이 맞았다. 양 팀장은 휴가 기간 동안 결재를 대신할 사람으로 차석인 선미를 지정했다. 가족관계팀의 업무 대부분은 일상적으로 반복되는 것들이었고, 특별한 행사가 있는 때도 아니라 당연한 일이기도 했다.

양 팀장은 주간 조회의 마무리로 자신의 부재보다 더 중요한 일인 듯 비장하게 저녁 회식을 통보했다. 그리고 오늘 하루도 파이팅 하자며 허공에 팔을 휘두르고는 자리에 앉는 대신 옆 팀 팀장과 담배를 피우러 나갔다.

"수요일부터는 어린이날이로구만."

정창민이 길게 기지개를 켜며 말했다. 쌍꺼풀 없이 처진 눈에 도수 높은 안경까지 쓰고 있어서 그는 항상 졸려 보였고, 실제로 자주 책상에 앉은 채로 꾸벅꾸벅 졸기도 했다. 상사 없이 보낼 날들이 기대되는지 정창민은 콧노래까지 불렀다. 그 모습을 김도연이 못마땅하게 흘겨보았다.

"정 주사님은 팀장님 계셔도 어린이날처럼 지내시잖아요."

"아니, 내가 뭘? 도연이는 맨날 나만 못 잡아먹어 안달이더

라. 도선미, 네가 보기에도 그렇지?"

"글쎄요."

"하긴 너도 너지."

정창민은 도선미와 동기였다. 정창민이 나이가 더 많긴 했지만 하주시에서 동기 간은 친구처럼 지내곤 했기 때문에 서로 말을 놓는 게 일반적이었다. 하지만 선미는 정창민에게 말을 높였다. 꼭 정창민이어서 그런 것은 아니고 다른 동기들에게도 그랬고, 나이가 어리고 직급이 낮다고 해서 선미가 말을 놓은 사람이 없기도 했다.

"가경이는 어떻게 이 도도한 도선미랑 다 친해졌냐? 그거 참 용하네."

"선미 언니랑 친해지려고 제가 노력 좀 했죠. 주사님도 노력해보세요."

"노력까지 해야 하는 거야? 그럼 난 포기."

"거기까지 하고 이제 일들 합시다."

선미가 해산하라는 신호로 박수를 두어 번 쳤다. 김도연은 벌써 창구의 제자리에 가 있었고, 정창민도 어깨를 으쓱해 보이고는 자기 자리에 앉았다. 가경이 선미를 향해 무슨 말을 하듯 입을 벙긋거렸다.

뭐라고요?

선미도 괜히 가경을 따라 입 모양으로 물었다. 가경이 한 글 자씩 천천히 입을 움직였다.

시. 작. 합. 니. 다.

오전 업무를 마무리하고 점심시간이 될 때까지도 선미는 가경이 한 말이 무슨 뜻인지 알아내지 못했다. 평소와 별다를 것 없는 하루였다. 그래서 더 찝찝했다. 아직 월요일이었다. 양 팀장의 휴가는 수요일부터. 그런데 뭘 시작하겠다는 거지? 선미는 가경이 또 다른 일을 벌이는 건 아닐까, 그 일에도 자신 을 끌어들이는 건 아닐까, 어쩌면 이미 끌려들어 온 건가 불안 해졌다. 오늘이야말로 제대로 거절해야겠다고 다짐했다. 퇴근 시간까지 기다릴 것 없이 점심을 먹으면서 이야기하겠다고.

"내가 가경이랑 팀장님 모시고 선발로 먹고 올 테니까 도선 미가 도연이 챙겨."

점심시간에도 창구를 비울 수 없는 접수 직원들은 교대로 식사를 했다. 먼저 먹는 사람을 선발, 뒤에 먹는 사람을 후발로 불렀다. 굳이 같은 팀끼리 식사를 할 필요는 없었지만 정창민 이 양 팀장과 함께 점심을 먹는 이유는 하나였다. 체면을 중요 시하는 양 팀장이 팀원들과 식사를 하면 항상 나서서 계산을 하기 때문이었다. 거기에 가경까지 끼우면 그 핑계로 후식까지 얻어먹을 수 있을 터였다.

"여직원들은 밥 먹고 꼭 달달한 거 하나 먹어줘야 한다니까요."

사실 단 걸 누구보다 좋아하는 건 자신이면서 정창민은 항상 여자 직원들의 핑계를 댔고, 선미도 그 핑곗거리가 된 적이 있었다.

"저는 괜찮아요. 단 걸 안 좋아하기도 하고, 식후에 바로 간식 먹으면 건강에도 안 좋고요."

처음엔 정말 챙겨주려는 것인 줄 알고 사양했는데 그 뒤로 정창민이 선미와는 밥을 먹자고 하지 않는 걸 보고 속셈을 알았다. 정창민은 초콜릿 타르트가 맛있는 시청 앞 카페의 단골이었지만 그곳에서 한 번도 자기 돈으로 계산을 한 적은 없었다.

정창민이 선수를 치는 바람에 선미는 가경과 둘이 식사를 할 타이밍을 놓쳤다. 취미로 시작한 테니스에 재미가 붙어 아마추어 대회를 준비하고 있다는 김도연은 따로 도시락을 싸왔다며 선미에게 편히 식사를 하라고 말했다.

"가서 도시락 먹고 와요. 내가 창구 볼게."

사양하는 김도연을 등 떠밀 듯 내보내고 선미는 창구에 앉았다. 입맛이 없었다. 나중에 배가 고프면 빵이라도 사다 먹자고 생각했다.

점심시간에 찾아오는 민원인들은 대개가 다급한 사람들이
었다. 더 미뤘다가는 과태료를 내야 하거나 다른 일을 진행할
수 없을 때까지 몰리고서야 찾아오는 경우가 많았다. 그런 사
람들은 예민했고, 쉽게 화를 냈다. 신분증을 가져오지 않거나
필요한 서류를 빠뜨려서 접수를 할 수 없다고 하면 자신의 실
수인데도 부당한 일을 당한 것처럼 목소리를 높였다. 대기 시
간이 길어진다는 이유로 '식사 중입니다'라고 안내문을 내건
빈 창구를 향해 이렇게 바쁜데 왜 식사를 하러 갔느냐고 트집
을 잡기도 했다.

　"선생님, 점심시간이잖아요. 먹어야 일을 하죠."

　당연한 말로 달래려고 하면 더 크게 화를 냈다. 자기도 배가
고프다고, 배가 고픈데 밥도 못 먹고 기다리고 있다고. 이유가
되지 않을 말로 자신의 화를 재차 드러내는 사람 앞에서는 어
떤 논리도 통하지 않았다. 그걸 알면서도 선미는 꼭 이야기하
곤 했다.

　"선생님, 그 직원도 배가 고파서 식사를 하러 갔어요. 잠시
만 기다리세요."

　가경과 도연이 식사를 마치고 돌아올 때까지 선미는 출생
신고와 이혼 신고 한 건씩과 두 건의 사망신고를 접수했다. 마
지막에 접수한 사망신고자는 남편을 사고로 잃은 아내였다. 사

망신고서의 사망 일시를 보니 장례를 치른 지 얼마 되지 않았을 거였다. 사망진단서에는 사망의 원인을 밝히는 의학 용어들이 적혀 있었고, 사망의 종류를 '외인사'로 표시하고 있었다.

"제가 여기는 어떻게 해야 할지 몰라서 비워뒀거든요."

여자가 가리키는 곳은 사망신고서의 신고인 '자격' 칸이었다.

[1. 동거친족 2. 비동거친족 3. 동거자 4. 기타(보호시설장/사망 장소 관리자 등)]

"아내분은 동거친족에 체크하시면 됩니다."

"동거자인지 동거친족인지 헷갈렸어요. 친족은 피가 통하는 사이만 말하는 건가 싶어서. 부부는 무촌이라고도 하잖아요."

여자는 창구에 놓인 펜을 들어 숫자 '1'에 동그라미를 쳤다. 이제 빈칸은 없었다. 선미가 신고서를 받기 위해 손을 내밀자 여자가 신고서를 붙들었다.

"여기, 이건 맞죠? 아내라고 쓰면 되죠? 관계니까 부부라고 써야 하나요?"

"아내라고 쓰셔도 됩니다."

"예전에는 남편이 죽으면 미망인이라고 했는데, 요즘엔 그런 말 안 쓰죠?"

대답을 원하는 말은 아닌 것 같아서 선미는 작게 고개만 끄덕였다. 여자는 선미가 신고서를 전산에 입력하는 동안 창구에 기대어 앉은 채 혼잣말처럼 나직하게 말을 이었다. 교통사고였다고. 혼수상태로 중환자실에 일주일이나 있었다고. 그대로 깨어나지 못했다고.

"접수 잘되셨습니다. 처리 완료까지 최대 일주일 정도 걸립니다."

선미는 그렇게 말하고 방금 자신이 내뱉은 '잘'이라는 단어가 적절하지 않았던 것 같다는 생각이 들었다. 여자는 신경 쓰지 않는 듯 선미에게 묵례를 하고 창구에서 멀어졌다. 그 뒷모습을 보면서 선미는 여자의 가족관계증명서를 생각했다. 접수한 사망신고서가 처리되어도 여자의 가족관계증명서에 배우자로 기록된 남편은 사라지지 않는다. 만약 여자가 재혼을 한다면 새 남편의 이름으로 대체되겠지만 혼인관계증명서를 떼어보면 거기엔 전 배우자로 죽은 남편이 계속 남아 있을 것이다.

무슨 일이 벌어졌는지 다 기록하는 거. 그게 대한민국 행정이잖아요.

선미의 머릿속에 가경의 목소리가 울렸다. 그래, 그게 행정의 기본이다. 기록하는 것. 지우면 지웠다는 사실까지도 기록하는 것. 이제 가경의 목소리가 사라진 선미의 머릿속으로 지금까지 기록되지 못했을 일들이, 그 상상 속 이야기들이 두서

없이 떠올랐다.

저녁 회식 장소는 김도연의 적극적인 주장에 선미와 가경의 동의가 더해져 횟집으로 결정되었다. 선미가 오기 전 가족관계팀의 회식 메뉴는 언제나 삼겹살이었다고 김도연이 투덜거렸다. 삼겹살에 소주가 회식의 기본이 아니냐는 정창민의 말에 양 팀장이 딱히 반대하지 않고 뭐든 좋다는 태도였기 때문이었다고 했다.

"전 외식은 집에서 해 먹지 못하는 음식을 먹는 게 좋다고 생각하거든요. 삼겹살 구워 먹는 건 집에서도 얼마든지 할 수 있잖아요."

"그렇죠. 도연 주사님은 합리적이네요."

선미의 말이 칭찬으로 들린 모양인지 김도연은 의기양양한 얼굴로 정창민 쪽을 바라보았다. 정창민은 그런 김도연은 신경도 쓰지 않고 양 팀장의 잔에 술을 채우느라 바빴다.

"저도 선미 주사님 언니라고 불러도 돼요?"

"김도연! 그렇게 날로 먹으려고 하면 안 되지!"

"이가경, 치사하네~ 선미 주사님이 네 거야?"

선미는 티격태격하는 동갑내기를 바라보며 문득 고향에서 가깝게 지냈던 얼굴들을 떠올렸다. 언제부터인지 기억나지 않을 아주 어릴 때부터 무수한 추억을 공유했던 친구들. 언니들, 동생들. 그중에 지금 연락하고 지내는 사람은 한 명도 없었다. 그들은 선미를 어떻게 기억할까. 가족처럼 지내던 사람들은 물론이고 진짜 가족까지 버리고 떠난, 매정한 사람으로 기억할까. 아무 문제 없이 잘 지내다가 갑자기 연을 끊어버린 이해할 수 없는 사람으로. 하지만 그들과 어울려 그들 속에서 그들이 이야기하는 '삶'을 흉내내려고 애쓰던 선미를 아는 사람은 아무도 없을 것이다. 선미가 왜 떠났는지, 그 이유를 그 누구도 모른다는 사실. 그 사실에 선미는 안도했다. 분명 그랬다.

하주에 와서도 다르지 않았다. 사생활을 거리낌 없이 나누고 서로에게 간섭하는 것을 애정으로 포장하는 조직 문화가 항상 부담스럽기만 한 것은 아니었다. 경사에 함께 웃고, 조사에 눈물을 아끼지 않는 모습은 부러웠다. 하지만 동료로 만나 친구가 된 이들이나 결혼을 하고 가족을 이루기까지 하는 이들을 볼 때면 더 사람들과 거리를 두려 애썼다. 차가운 사람, 정이 없는 사람, 곁을 내주지 않는 사람, 가식적인 사람이라는 말을 들으면서 안심했다. 그들과 자신이 다른 이유에 대해 설명하고 싶지 않았다.

"언니라고 불러도 돼요."

선미의 말에 김도연이 신난 목소리로 건배를 외쳤다. 여전히 투덜거리면서 가경이 잔을 들었고, 정창민과 양 팀장은 무슨 일인지도 모르고 건배를 따라 외쳤다. 선미도 웃으며 잔을 부딪쳤다. 즐거웠다.

이번에는 뭐가 다른가. 그 이유는 굳이 찾을 필요가 없었다. 선미는 가경을 바라보았다. 가경에게는 이미 들켜버렸다. 선미가 왜 항상 동료의 결혼식에 축의금만 보내고 참석은 하지 않는지, 만나는 사람이 있느냐는 질문과 없으면 건실한 남자를 소개시켜 주겠다는 말에는 대꾸 없이 화제를 돌리는지, 가경은 알 것이다. 다른 사람들이 추측하는 이유가 아니라 진짜 이유를. 가경은 아니까. 자신을 아는 사람이 있다는 것이 그저 두렵기만 한 일이 아니라는 걸 선미는 깨달았다.

분위기가 파장에 가까워지자 정창민이 마지막 잔을 채우라고 재촉하며 자리에서 일어섰다. 김도연이 절레절레 고개를 흔들면서도 잔을 채우고 선미와 가경에게도 따라주었다.

"자, 다들 한마디씩 하며 마지막 건배를 하고 회식을 마치면 좋겠습니다. 제가 먼저, 우리 가족팀의 든든한 기둥, 양기택 팀장님의 사모님 쾌유를 위하여!"

"우리 팀, 우리 가족들. 앞으로도 잘 지내봅시다. 새 식구가 된 선미, 막내 가경이, 든든한 창민이랑 도연이. 우리 팀을 위하여!"

"열심히 하겠습니다. 가족팀을 위하여!"

"저도요. 위하여!"

정창민을 시작으로 양 팀장과 선미, 김도연까지 이어진 건배사의 마지막을 외치기 위해 자리에서 일어선 가경은 잠시 뜸을 들이더니 씩 웃었다.

"성공을 위하여!"

"성공? 무슨 성공?"

"우리의 성공이죠."

어리둥절해하는 정창민의 말에 능청스럽게 대구하고 술잔을 비우는 가경의 모습을 보며, 선미는 잊고 있던 '시작'을 떠올렸다. 오전 업무에 들어가기 전 가경이 말했던 시작. 벌써 계획이 시작되어버린 걸까. 선미는 이번에야말로 가경에게 제대로 거절을 전해야겠다고 생각했지만, 가경은 그런 선미의 머릿속을 들여다보기라도 한 듯 회식이 끝나자마자 부리나케 사라져버렸다. 평소보다 많은 술을 마신 선미는 택시를 타고 집에 도착하자마자 쓰러지듯 잠이 들었고, 결국 가경에게 거절을 이야기하지 못했다. 더는 피할 수 없는 시작이 선미에게 닥쳐온 건 이튿날이었다.

선미가 출근하면 책상 위엔 전날 창구에서 접수된 신고서 원본들이 접수 순서대로 놓여 있었다. 그 종이 뭉치가 그날 선미가 해치워야 할 일거리였으므로 두껍게 쌓여 있는 날엔 미리부터 피로가 몰려왔다. 그날은 평소보다 적은 양의 신고서가 놓여 있었다. 김도연이 접수한 신고서는 노란 집게에 묶인채 색색의 플래그로 출생, 사망, 혼인, 이혼의 순서로 정리되어 있었다. 가경도 집게 색만 다를 뿐 같은 방식으로 신고서를 정리해 퇴근 전에 가져다 두곤 했는데, 평소와 다르게 한 장만 따로 분류한 신고서가 보였다. 다른 신고서 틈에 끼어 있지만 눈에 띄도록 놓아둔 그 신고서를 무심히 뽑아 든 선미는 내용을 보자마자 놀라서 크게 숨을 들이켰다.

이순영과 송미영의 혼인신고서였다. 두 사람의 필체로 적힌, 원본이었다. 포스트잇에는 '접수 완료'라고 쓰여 있었다.

선미는 전산 시스템에 접속해 '접수'가 완료되어 '기록'으로 이관된 이순영과 송미영의 혼인신고서를 찾아냈다. 부(夫)란에도 처(妻)란에도 여자가 입력되어 있다는 걸 빼면 이전까지 보아온 수많은 혼인신고서와 다를 게 없었다. 가경에게서 듣지 않았더라면, 주민등록번호를 잘못 기입했다고 생각했을지도 몰랐다. 접수한 직원을 불러 주민등록번호 뒷자리를 왜 '2'로 적었느냐고 타박하고 다시 확인해서 '1'로 고치라고 했을지도. 정신없이 바쁜 날이라면 무심히 넘겨버릴 수도 있었을까. 정말 실수로. 그냥 '기록'해버릴 수도.

정말 그럴까. 선미는 모니터를 지그시 노려보았다. 모든 것이 혼인신고서에 적힌 내용대로 입력되어 있었다. 혼인 의사를 가진 두 사람, 현재 이미 혼인 상태가 아님이 확인된 두 사람이 작성한 혼인신고서, 그대로. 빈 곳 없이, 잘못된 곳 없이 채워져 있었다.

선미는 다른 혼인신고서를 확인할 때 하는 것처럼, 기록 완료 버튼을 누르기 전에 '미리 보기' 버튼을 눌렀다. 기록이 완료되면 생성될 문서, 혼인관계증명서가 화면에 나타났다.

이순영의 이름으로 발급될 혼인관계증명서엔 이순영의 등록기준지와 출생연월일, 주민등록번호, 성별, 본관이 적혀 있었고 그 아래, 배우자로 송미영의 인적사항이 이어졌다.

한 장.

딱 한 장이었다.

평소라면 철저히 확인하기 위해 그 한 장짜리 문서를 출력했을 것이다. 그리고 혼인신고서의 항목과 다시 대조하며 실수가 없는지 살폈을 것이다. 하지만 선미는 출력 버튼을 누르지 못했다. 누를 수가 없었다. 내부 열람용 임시 문서라 해도 그 혼인관계증명서를 처음으로 만져보는 사람이 감히 자신이 될 수는 없다고 생각했다.

선미는 직원들끼리만 사용하는 메신저에서 가경의 이름을 찾아 메시지 창을 띄웠다.

— 할게요.

창구에 앉아 있던 가경이 자리에서 벌떡 일어났다가 머쓱해하며 다시 앉는 모습이 보였다. 정말 이상한 사람이야. 선미는 그렇게 생각하며 이순영과 송미영의 혼인신고서 원본을 서랍 속에 잘 챙겨 넣었다. 양기택 팀장이 휴가를 떠나기 전날이었다.

잠들기 전에 기도를 하는 습관을 버린 지 오래였지만 어쩐지 다시 기도를 하고 싶었다. 선미는 별로 어지르지도 않은 침구를 꼼꼼히 정돈하고 침대 아래로 내려와 무릎을 꿇었다. 두 손을 모으자 어린 시절부터 무수히 암송했던 기도문 대신 한 문장이 떠올랐다.

그거면 돼요.

이가경이 했던 말이고, 이순영이 했던 말이었다.

선미가 계획에 동참하겠다는 의사를 전하자 가경은 곧바로 이순영에게 알렸다. 아직 아무것도 한 게 없다는 선미의 만류에도 불구하고 이순영은 식사를 대접하고 싶다고 했다. 값비

싼 한정식이나 한우 구이는 사양했지만 자신의 집에서라도 꼭 한 끼 대접하고 싶다는 말에 초대를 받아들일 수밖에 없었다.

"고모 댁에 가는 건 정말 오랜만이에요."

"예전에 사시던 집에 계속 사시는 건가요?"

"맞아요. 1층에 하주 고모가 하던 수선집이 있던 이층집. 아직 거기 사시더라고요."

"쓸쓸하시겠네요."

송미영은 병원에 입원해 있고, 이순영은 입원실에 머물며 간병을 하다가 일주일에 한 번씩 집에 온다고 했다. 두 사람의 흔적이 남은 집에 홀로 돌아온 이순영이 어쩌면 다시는 둘이 될 수 없을지도 모른다는 생각을 하진 않을까. 선미는 이순영과 송미영의 이야기를 들을 때마다 어쩔 수 없이 은경을 떠올렸다. 자신이 알고 있는 은경이 아니라 모르는 은경. 미래의 은경. 이제는 알 수 없게 되어버린 나이 든 은경을. 그리고 그 곁에 당연하게 자신을 그려보았다. 바보 같다고 생각하면서도. 은경과 헤어지지 않았다면 어땠을까, 하고 상상했다.

여행을 좋아하는 은경은 틈만 나면 여행 계획을 세웠다. 가보았던 나라도 가본 적 없는 나라도 선미와 함께 가고 싶다고 했다. 겨우 한 번의 사계절을 연인으로 지내는 동안 두 사람은 같이 여행을 간 적이 없었다. 대신 수많은 계획들만 남았다. 마흔이 되면, 쉰이 되면 기념으로 여행을 가자고. 둘의 나이가 다르니 두 번씩 기념할 수 있어서 더 좋다고. 선미의 환갑잔치를 열어주겠다며 한복을 맞춰 입자는 이야기도 했었다. "돌잡이처럼 환갑잡이를 하자, 요즘은 환갑부터가 인생 2막이래." 그렇게 말하고는 스스로 듣기에도 우스운지 깔깔 소리 내서 웃었다. 그 모습을 보고 있으면 은경에게 흰머리가 많이 생기고 주름진 얼굴이 되어도 마냥 귀여울 것 같았다. 칠순이 되면 크루즈 여행을 가자고 약속했었다. 선미도 은경도 은퇴를 했을 테니 퇴직금을 모아 호화로운 배에 타자고. 그 배를 타고 가본 적 없는 바다를 돌아다니자고. 그러다가 여자 둘이서도 결혼을 하고 부부가 될 수 있는 나라에 가게 되면 결혼식을 올리자고.

세상에. 너무나 당연하게 그때까지도 이 나라에선 결혼을 할 수 없다고 생각했었구나. 선미는 뒤늦게 마음이 아팠다.

이순영과 송미영의 집은 비어 있는 날이 많다는 게 느껴지지 않을 만큼 잘 정돈되어 있었다. 건물 주변에 떨어진 쓰레기도 없었고, 1층의 수선집은 오늘도 영업을 했던 것처럼 유리창이 깨끗했다. '개인 사정으로 인해 당분간 쉽니다' 유리창에 붙은 안내문도 며칠 휴가를 다녀오겠다는 것처럼 보일 뿐이었다. 2층으로 향하는 계단을 오르자 벌써부터 맛있는 냄새가 났다. 식재료를 굽고, 볶고, 끓이는, 따뜻한 냄새.

"어서 와요. 고마워요."

이순영은 선미와 가경을 차례로 포옹했다. 이순영에게서 갓 지은 밥 냄새가 났다. 선미는 괜히 눈물이 날 것 같아서 고개를 숙였다.

식탁 위엔 음식이 다 차려져 있었다. 흰쌀밥과 소고기 뭇국, 불고기, 생선전, 잡채, 겉절이 김치. 세 사람이 먹기엔 많은 양이었다.

"차리느라 힘드셨겠네요. 감사합니다. 잘 먹겠습니다."

"이거라도 해줄 수 있어서 얼마나 다행인지 몰라요. 고마워요. 정말 고마워."

"고모가 요리를 잘하세요. 저 어릴 때도 맛있는 거 많이 해주셨어요. 얼른 드셔보세요."

"그래요, 얼른 먹고 입맛에 맞으면 이따 좀 싸 가요."

가경이 말한 대로 이순영의 음식 솜씨가 좋아서 선미는 부지런히 먹었다. 평소 먹던 양보다 훨씬 많이 먹었는데도 속이 더부룩하다는 느낌 없이 기분 좋은 포만감이 들었다. 선미와 가경이 상을 치우고 설거지를 하는 동안 이순영은 사과를 두 개 깎았다.

"어려운 일을 해준다고 해서 정말 미안하고 많이 고마워요."

"들으셨겠지만, 그 증명서가 효력이 있는 문서가 되진 못할 거예요."

"그래요. 가경이한테 들었어요."

이순영이 사과 조각을 끼운 포크를 선미에게 쥐여주었다. 그리고 그대로 선미의 손을 잠시 자신의 양손으로 감싸고 있다가 놓았다.

"그거면 돼요."

정말요?

정말 그거면 될까요. 보고 나면 더 욕심나지 않을까요. 다시 빼앗기기 싫고 억울하지 않을까요. 선미는 손에 들린 포크를, 그 끝에 꽂혀 있는 사과를 보았다. 고작 사과 한 조각도 제 손에 들리면 제 것이라 생각하게 되는 게 사람인데. 손에서 놓쳐 바닥에 떨어진다면 왜 더 세게 쥐고 있지 않았을까 후회가 될 텐데.

"난 많은 거 안 바라요. 내 옆사람. 우리끼린 옆사람이라고 하거든요. 다른 부부들이 바깥사람, 안사람 하듯이. 내 옆사람이 입원을 하는데, 보호자로 따라 들어가려고 하니까 묻더라고요. 어떤 관계냐고. 가족이라고 했어요. 그랬더니 처음엔 언니냐고 묻더라고. 아니면 친척이냐. 아니라고 했더니 그럼 친구분이시네요, 하더라고. 친구는 보호자를 할 수 없다고. 원래는 할 수 없는데 지금은 환자가 의식이 있어서 괜찮을 것 같대요. 그 대신 환자의 의식이 없어지면 그때는 법적 보호자를 불러야 한다면서. 간호사 선생님이 선심 쓰듯 이야기하더라고. 거기다 대고 내 옆사람은 발끈하려는데, 내가 말렸어요. 얼마나 다행이냐고. 더 깐깐한 간호사 선생님 안 만난 게 얼마나 다행이냐고."

이순영이 말하는 동안 선미는 가만히 포크를 쥔 채로 있었고, 가경은 아삭아삭 소리를 내며 사과를 먹었다.

"내가 처음 그 사람을 좋아하고 50년이 지났어요. 그때 난 이런 날이 올 줄 몰랐어. 감히 생각도 못 했지. 그 사람이 내 옆사람이 되어서 우리가 함께 살아볼 줄도 몰랐고, 우리가 서로 좋아해서 같이 산다는 걸 동생 부부와 조카에게 말하게 될 줄도 몰랐고……. 난 그냥 혼자 외롭게 살다가 소리 없이 늙어 죽을 줄 알았거든요. 아니면 힘 넘치는 젊은 시절에 콱 바다 한복판에 뛰어들거나 산꼭대기에서 뛰어내리거나, 정 답답하면 몸에 불이라도 질러버리지 않을까 했어."

농담이라는 듯, 이순영이 킥킥 웃었지만 그의 모든 말이 진심이라는 걸 선미는 알았다.

"우리 조카 가경이가 공무원이 됐다고 하니 쫓겨날까 무서워서 차마 가지 못했던 시청에 들어가서 혼인신고서 가져다가 둘이 같이 써보려고 했어요. 그러면 그거 보고 그럴싸하게 증명서 같은 거 하나 만들어달라고. 그런데 진짜를 만들어준다고 하니, 얼마나 황송해요. 상상도 못 했던 걸 내 눈앞에 진짜로 보여주겠다는데. 그러니까, 난 그거면 돼요."

이순영은 그 집을 나서는 선미와 가경의 양손에 음식을 한가득 들려 보냈다. 두 사람은 말없이 버스 정류장까지 걸었다. 그리고 각자가 타야 할 버스를 타고 헤어졌다.

— 고마워요, 선미 언니.

가경의 메시지는 선미가 자신의 집에서 가까운 정류장에 내렸을 때 도착했다. 공범 간의 유대감일까. 선미는 이제 정말 가경을 친한 동생처럼 여길 수 있을 것 같았다.

— 잘 자, 가경아.

가경에게는 잘 자라고 메시지를 보내고 선미 자신은 새벽까지 잠들지 못하고 뒤척였다. 그러다 자리에서 일어나 불을 켰다. 별로 어지르지도 않은 침구를 꼼꼼히 정돈하고 침대 아래로 내려와 무릎을 꿇었다. 두 손을 모으고 눈을 감았다.

"그거면 돼요."

선미는 눈을 감고 두 손을 모은 채 가만히 읊조렸다. 몇 번이나. 그거면 된다고. 그렇게 되뇌는 동안 머릿속에서는 그걸

로 만족할 수 없다고, 절대로 안 된다고 되받는 목소리가 울렸
다. 선미 자신의 목소리였다.

디데이.

선미와 가경은 약속이라도 한 듯이 시청 앞에서 만났다. 이
른 아침이었다. 유난스럽게 보이지 않도록 '그' 혼인신고는 업
무 시간 중에 처리할 예정이었다. 평범하게, 평소와 다름없이.
그렇게 정하고서도 마음이 초조해서 두 사람 모두 일찌감치
출근한 것이었다. 서로를 발견한 두 사람은 그제야 긴장을 풀
었고, 시청 로비의 카페에서 커피를 한 잔씩 마시고 들어가기
로 했다.

"커피는 제가 살게요, 언니."

놀리는 듯 '언니'라고 굳이 덧붙이는 가경에게 선미가 편안
하게 대답했다.

"그래, 고마워."

선미와 가경이 커피를 마시는 동안 김도연과 정창민이 차
례로 출근하며 알은체를 했다. 김도연에게는 가경이, 정창민
에게는 선미가 커피를 샀다. 선미가 산다는 말에 정창민은 아
이스 아메리카노를 화이트 모카 라테로 바꾸고 초코 쿠키를
추가했다. 어린이날이라 그런지 단 게 당긴다는 말을 하면서.

선미의 책상엔 두 뭉치의 서류가 놓여 있었다. 전날 가경과 김도연이 접수받은 신고서들이었다. 선미는 그중 김도연의 서류 뭉치를 정창민에게 건넸다. 양 팀장이 부재중이니 선미의 업무를 정창민이 처리하고 선미는 양 팀장의 대행만 할 수도 있었지만 해야 할 일이 있으니 절반만 넘긴 것이었다. 혹시나 정창민이 자기가 다 하겠다며 나서진 않을까 했는데 그런 일은 없었다. 선미는 가경이 새로 올려둔 신고서들 사이에 서랍 속에 넣어두었던 이순영과 송미영의 혼인신고서를 끼워 넣었다. 다른 신고서들을 차례로 처리하다가 그 혼인신고서가 나타나면 자연스럽게 처리할 생각이었다. 나중엔 접수된 순서대로 다시 정리해야겠지만 지금은 태연함을 가장할 수 있는 마음의 준비가 필요했다.

선미가 그 혼인신고서의 '기록'을 완료한 건 점심시간 직전이었다. 거기에 있다는 걸 알고 있었는데도 다시 발견했을 땐 놀랐다. 필수 첨부 서류인 혼인 당사자 두 사람의 신분증 사본도 함께였다. 오래전 발급받은 주민등록증에는 아직 젊은 이순영과 송미영이 있었다. 자세히 보니 두 사람이 입은 옷이 같았다. 같은 옷을 번갈아 입은 걸까, 같은 디자인의 옷이 두 사람에게 각각 한 벌씩 있었던 걸까. 흑백으로 복사된 사본이라 색상까지는 알 수 없었지만 선미는 그 옷이 커플룩이었을 거라고 생각했다.

정창민이 약속이 있다며 먼저 점심을 먹으러 나갔다. 선미는 김도연에게 대신 창구를 봐줄 테니 편히 도시락을 먹고 오라고 했다. 김도연이 돌아오면 가경과 함께 점심을 먹기로 했다. 김도연이 자리를 비우자 선미는 많이 궁금했을 텐데도 묻지 않고 기다린 가경에게 진행 상황을 알렸다.

"기록했어."

"너무 쉽죠?"

"그렇더라."

"기록까지 됐으니 승인도 되겠죠?"

혹시 승인이 안 되더라도 기록 창에서 혼인관계증명서를 출력할 수 있었다. 하지만 선미는 그 말 대신 힘주어 대답했다.

"될 거야."

이순영과 송미영의 혼인신고서는 승인될 것이다. 이순영은 하주시 곳곳에 놓인 무인민원발급기에 자신의 신분증을 넣고 혼인관계증명서를 출력할 수 있을 것이다. 그 증명서엔 이순영의 배우자로 송미영의 이름이 찍혀 있을 것이다.

선미와 가경은 점심으로 국수를 먹었다. 시청 지하 구내식당의 메뉴였다. 넓은 그릇에 담긴 소면에 멸치 육수를 붓고 계란 지단과 애호박 볶음을 고명으로 얹은 잔치국수였다. 선미는 양념간장을 얹어 먹었고, 가경은 김 가루를 듬뿍 뿌려 먹었다.

신고서 기록을 마친 선미는 팀장의 승인과 결재를 기다리고 있는 문서들을 확인했다. 기록할 때와는 달리 마음이 급해져서 그 혼인신고서부터 찾았다. 그리고 승인 버튼을 눌렀다.

그걸로 끝이었다.

너무나 쉽게.

선미는 잠시 모니터를 바라보다가 다시 해야 할 일을 했다.

이순영은 송미영이 입원한 병원 1층 로비에 마련된 무인민원발급기에서 혼인관계증명서를 출력했다. 자신의 이름 옆에 송미영이 배우자로, 송미영의 혼인관계증명서에는 이순영이 배우자로 적혀 있었다. 송미영에게 그 증명서를 보여주기 전에 이순영은 한참 동안 로비를 서성거리며 눈물을 흘리지 않기 위해 노력했다. 울고 난 사람의 얼굴은 도저히 속일 수가 없는 것이니까. 게다가 사랑하는 사람에게는 더더욱.

"혹시 그 증명서로 뭔가 하시진 않겠지? 병원에 보여준다든가, 아니면 보험사에 제출한다든가……."

"걱정 마세요. 그러면 안 된다고 제가 잘 설명했어요."

가경은 그 혼인관계증명서는 송미영의 베개 밑에만 있을 거라고 덧붙였다. 송미영의 불면을 물리치는 부적처럼 쓰일 거라고 이순영이 말했다며.

"부적."

선미는 부적이라는 단어를 몇 번 더 입속으로 중얼거렸다. 혼인신고서를 제출하고 혼인관계증명서를 출력할 수 있게 되기까지 일주일 정도 걸린다고 안내하면 어떤 민원인은 짜증을 냈다. 왜 그렇게 오래 걸리느냐고. 대출을 받아야 한다거나 회사에 제출해야 한다거나 보험료를 깎아야 한다거나. 이유는 많고 많았다. 누군가는 그렇게 알차게 써먹는데, 몇 장씩 뽑아서 여기저기에 뿌리는데. 어째서 그저 부적이어야 하나. 부적 같은 것이 되어야 하나.

마음이 심란하니 맥주라도 마시지 않겠느냐는 가경의 말에 선뜻 동의한 건 선미의 마음도 다르지 않았기 때문이었다. 혹시 술에 취해 말실수라도 하지 않을까 걱정되어 선미의 집으로 갔다. 넉넉하게 산 캔 맥주는 주량을 생각하지 않고 들이켠 탓에 금세 동이 났다.

"언니는 연애 안 해요?"

다른 사람에게 그 질문을 들었다면 연애에는 관심 없다고 대답했겠지만, 가경이었다. 선미는 취기가 올라 풀어진 마음으로 입을 열었다.

"헤어진 지 얼마 안 됐어."

"아직 좋아하는구나?"

"맞아."

"그럼 다시 만나면 안 돼요?"

"못 만나. 내가 잘못해서 헤어졌거든."

"미안하다고 매달려봤어요? 그래도 안 됐어요?"

"아니, 그건 모르겠네."

가경은 당장 전화를 해보라며 떼를 쓰다가 잠이 들었다. 선미는 침실 바닥에 이부자리를 깔고 가경을 눕혔다. 그러는 사이 술이 깼다. 혼자 맨정신으로 잠들자니 아쉬워서 밖으로 나왔다. 딱 맥주 한 캔만 더 사다가 마실 생각이었다.

편의점에서 맥주를 사서 나오니 비가 오고 있었다. 처마 밑에 서서 맥주 캔을 땄다. 선미의 휴대폰에는 여전히 은경의 전화번호가 저장되어 있었다. 은경과 헤어지고 나서 다시 연락해보고 싶은 날이 없었던 건 아니었다. 하지만 무슨 말을 할 수 있을까. 선미는 은경이 자신을 떠난 이유를 너무나 잘 알았다. 그 이유가 사라지지 않는 한 혹시 은경이 선미를 받아주더라도 두 사람은 결국 다시 헤어질 것이라는 것도. 은경과 두 번 헤어질 수는 없었다. 자기 자신에게 그렇게까지 가혹할 자신은 없었다.

비는 그칠 기미가 보이지 않았다. 선미는 남은 맥주를 바닥에 부어버렸다. 그리고 빈 캔을 수거함에 넣고 비를 맞으며 집으로 돌아갔다. 가경은 여전히 잠들어 있었고, 선미는 수건으로 젖은 머리를 털고 침대에 누웠다.

양 팀장이 휴가에서 돌아왔다. 그는 자신이 없는 동안 선미가 대결한 문서들을 건성으로 살펴보고는 수고했다며 선미의 어깨를 두드렸다. 그리고 별일 없는 나날들이 지나갔다. 신분증 없이 방문하거나 필수 첨부 서류를 누락한 민원인들이 창구 앞을 소란하게 만들고, 온라인 증명서 발급 사이트에 오류가 있다며 항의하는 전화가 몇 통 걸려오긴 했지만 흔한 일이었다.

— 저 요즘 자꾸 악몽 꿔요.

— 무슨 악몽?

— 감사팀에서 쳐들어와서 다 뒤집어엎는 꿈이요.

— 그런 각오도 없이 이런 계획을 세웠어?

— 언니는 생각보다 강심장이네요.

— 걱정한다고 뭐가 달라지겠어? 이제 며칠 안 남았네. 정말 다 끝나는 날이.

— 그러게요. 연기 연습해야겠다. 헉, 실수였어요!

— 어머, 몰랐어요!

가경에겐 의연하게 말했지만 막상 월 점검일이 되자 선미도 불안해서 키보드에 올려둔 손이 떨리는 지경이었다.

한 달 동안 가족관계팀에서 접수하고 기록하고 승인한 신고서의 원본과 전산 데이터를 일일이 대조하는 월 점검. 이 과정에서 이순영과 송미영의 혼인신고서가 발견되고, 접수를 맡은 이가경이 신규 공무원으로서 미숙한 일 처리로 실수를 했고, 기록에 승인 대결까지 맡게 된 도선미가 바쁜 와중에 실수를 한, 공교롭게도 실수에 실수가 겹친 일이니 정정하고 민원인도 이의 제기를 하지 않으면서 조용히 마무리한다는 것까지가 계획이었다. 몇 번이나 머릿속으로 시뮬레이션을 한 완벽한 계획. 문제는 없을 것이었다. 그렇게 믿었다.

하지만 월 점검 담당인 정창민이 한 달 동안의 신고서를 모아둔 캐비닛을 여는 순간, 선미는 심장이 덜컥 내려앉는 듯한 선득한 감각과 무언가 크게 잘못될 것 같은 기분에 자리에서 일어나 양 팀장에게 다가갔다.

"팀장님, 저 몸이 너무 안 좋아서 반차를 좀 써도 될까요."

계속 사무실에 있다가는 정창민이 신고서를 한 장 한 장 넘길 때마다 수명이 하루씩 깎이는 기분일 터였다. 평소에 앓는 소리를 한 적이 없는 선미의 말에 양 팀장은 더 묻지도 않고 들어가보라고 손을 흔들었다. 혼자만 도망가는 거냐고 원망하는

듯한 가경의 눈빛을 뒤로하고 선미는 잰걸음으로 시청을 벗어
났다. 도무지 심장이 진정되질 않아 약국에서 청심환을 사서
먹었다. 약효 덕분인지 집에 도착했을 때는 몸이 나른해져서
옷도 갈아입지 못하고 침대에 누워서 그대로 잠이 들었다. 그
래서 몇 시간 뒤 가경에게서 도착한 다급한 문자 메시지는 다
음 날 아침에야 확인할 수 있었다.

　　— 일이 이상하게 돌아가고 있어요!

다시, 도선미

선미는 분홍색 보자기로 싼 보따리를 들고 시청 정문 앞에
서 있었다. 묵례를 하거나 손을 흔들며 지나가는 사람들에게
어색하게 웃어주고 있으려니 시대극 드라마에 나오는 갓 상경
한 시골 소녀가 된 것 같은 기분이었다. 얼마간의 시간이 더 흐
르고서야 선미가 기다리는 사람, 양기택 팀장이 급한 기색 없
이 여유롭게 걸어 나왔다.

"자, 이제 가보자고."

양 팀장은 들고 있던 관용차의 차 키를 선미에게 건네려다
가 다시 거둬들였다.

"선미가 아직도 면허가 없다고 했지?"

"시간이 잘 안 나서요. 곧 따겠습니다."

선미는 차마 실기시험에서 두 번이나 떨어졌다는 말은 하지 못했다. 첫 번째 시험에서는 사이드 브레이크를 풀지 않은 채로 액셀을 밟았다가 바로 실격 처리되었고, 두 번째는 코스를 헷갈려서 감점이 거듭됐다. 선미는 자신이 길치라고 생각해본 적이 한 번도 없었는데, 이상하게도 운전석에 앉아 핸들을 잡으니 좌우가 도통 구분되지 않고 동서남북이 자꾸만 뒤섞였다.

양 팀장이 운전석에 앉고 선미가 조수석에 앉았다. 양 팀장은 다른 팀 팀장들은 출장 나갈 때 뒷좌석에 누워서 가기도 한다고 말했다.

"아무리 그래도 그건 좀 너무해. 그렇지? 몸이 좀 편하긴 하겠지만 말이야."

"면허 얼른 따겠습니다."

"아유, 내가 선미한테 부담 주는 건 아니고. 근데 보기에 좀 그럴 수도 있어. 팀장이 운전하고 차석이 편하게 앉아서 가면 말이야. 그리고 선미도 혼자 출장 다닐 때 버스 타고 택시 타고 그렇게 다니면 영 불편할 거 아냐."

양 팀장의 말도 맞긴 했다. 운전에 별로 관심이 없는 선미가 운전면허를 따려고 했던 것도 일할 때 불편한 점이 많아서였다. 사무소나 센터에서 일할 때는 시청으로 직접 제출해야 하는 서류를 챙겨 들고 버스로 이동하는 게 번거로웠다. 하주시에는 지하철이 없었고, 시내버스는 배차 간격이 촘촘하지 못했다. 시청까지 바로 가는 노선이 없는 곳에서 출발해서 몇 번이나 환승을 하며 오가야 할 때도 있었다. 매달 참석해야 하는 교육과 회의, 행사도 적지 않았다. 게다가 이런 관내 출장은 근무 중에 미리 시간을 정해 결재를 받고 다녀와야 했는데 까다로운 상사를 만나면 복귀가 늦어지는 몇 분이 눈치가 보여 부담이 되더라도 사비로 택시를 타기도 했다.

관내 시찰을 하거나 현장 실사를 해야 하는 업무가 있을 때는 어쩔 수 없이 운전면허가 있는 직원에게 부탁해 함께 다니는 수밖에 없었다. 그럴 때면 밀폐된 공간에서 타인과 신변잡기를 묻고 답하게 되는 경우가 많았고, 선미는 상대가 대수롭지 않게 던지는 말들에 신경을 곤두세우고 긴장하며 대꾸하느라 어깨가 다 결릴 지경이었다. 그 시간을 피하기 위해 멀미가 심한 척을 하거나 급하지 않은 업무를 굳이 전화로 확인할 때도 있었다.

선미는 무릎 위에 올려둔 보따리의 매듭을 만지작거리며 다음 달에 관외 출장을 가기 전까지 운전면허를 꼭 따겠노라고 다짐했다. 보따리는 지난 한 달간 가족관계팀에 접수된 신고서를 가지런히 쌓아 보자기로 싼 것이었다. 법원에 가는 서류는 왜 하필 보자기로 싸는 걸까. 선미는 보자기 안쪽을 투시하려는 듯이 보따리를 노려보았다. 그사이 양 팀장이 운전하는 하주시청 관용차는 시 외곽으로 향하는 고속화도로로 접어들었다. 하주시와 인접한 비슷한 규모의 몇 개 도시를 관할하는 가정법원으로 향하는 길이었다.

가정법원의 가족관계 등록 감독 담당 사무원은 선미가 책상에 올려놓은 보따리의 매듭을 무심한 손길로 끌렀다. 그리고 서류 뭉치의 제일 첫 장인 제출 서류 목록을 훑어보았다. 선미는 사무원의 눈치를 보며 함께 시선을 옮겼다. 양 팀장이 복도 자판기에서 커피를 뽑아 마시고 있는 것이 그나마 다행이었다. 지금 선미의 모습을 보았다면 왜 그렇게 눈을 굴리고 있느냐고 물었을 테니까.

왜냐하면, 지금 저 목록 중 한 줄에 있어서는 안 될 이름들이 있기 때문이다. 저 서류 뭉치에는 이순영과 송미영의 혼인신고서 원본과 그들의 주민등록증 사본이 있다. 그 혼인신고서와 첨부 서류가 여자와 여자의 것임을 알아채지 못한 정창민이 야무지게도 접수 날짜에 맞게 그 서류를 정리한 뒤 목록에 그들의 이름을 기입까지 한 덕에 이순영과 송미영의 혼인신고서는 이번 달 하주시의 혼인신고 예순네 건 중 마흔 번째 혼인신고의 제출 서류로 가정법원에 오게 된 것이다.

— 일이 이상하게 돌아가고 있어요!

선미가 가경의 문자 메시지를 확인한 건 이미 정창민이 월 점검을 다 끝마치고 가정법원으로 갈 서류들을 보자기에 싼 뒤였다. 그 사실을 상상조차 하지 못했던 선미는 계획처럼 실수로 무마할 수 없을 만큼 이 일이 심각한 문제로 받아들여진 건가 싶어 가경에게 전화를 걸었다.

"무슨 일이야?"

"언니. 저 진짜 정창민 주사님이 그 정도일 줄은 몰랐어요."

선미가 반차를 내고 시청을 떠난 뒤, 가경은 창구 업무를 보면서도 신경이 온통 등 뒤 사무 공간을 향해 있었다고 말했다. 정창민이 서류를 살펴보다가 '어?'라거나 '음?'이라는 소리를 낼 때면 팔에 오소소 소름이 돋고 등으로 식은땀이 흘렀다고. 하지만 그저 그뿐, 가경이 기다리던 말은 들려오지 않았다.

"그냥 넘어갔다고요. 발견하지 못했어요. 이제 어떡해요!"

선미는 안절부절못하는 가경을 다독였다. 가경은 혹시나 이순영과 송미영에게까지 책임 추궁이 이어지는 건 아닐까 걱정하고 있었다.

"너무 걱정 마. 법원에 서류 내려 가는 사람이 나니까, 어떻게든 해볼게. 계획이 조금 수정되었다고 생각해. 거기 가서 실수였다고 잘 무마해볼게."

선미는 진작 운전면허를 따둘 걸 그랬다고 후회했다. 그랬다면 먼저 시동을 걸고 있겠다는 핑계로 양 팀장 없이 차에 타서 보따리를 풀어볼 수 있을 텐데. 그리고 이순영과 송미영의 혼인신고서를 슬쩍 빼낼 수도 있을 텐데. 하지만 그럴 수가 없었고, 그래서 여기까지 온 것이다. 선미는 법원 사무원 앞에서 혼신의 연기를 펼칠 마음의 준비를 했다.

"주사님?"

"네?"

"뭐 하실 말씀이라도 있으세요?"

사무원이 의아한 표정으로 선미를 바라보았다. 다른 시청에서 온 직원들은 보따리만 내려놓고 교육장인 대회의실로 떠났는데 선미만 자리를 지키고 서 있는 것이 영 이상하게 보인 모양이었다.

"아뇨, 그냥……. 잘 제출되나 보려고요."

선미의 말에 사무원은 재미있는 농담이라도 들은 것처럼 웃었다.

"어디 보자, 하주시에 새로 오신 담당 주사님이시구나. 당연히 잘 제출되죠. 하루 이틀 하시는 일도 아니고, 워낙에 주사님들이 다 잘해주시니까 저희는 늘 든든해요. 걱정 말고 올라

가세요."

사무원은 서류를 싸고 있던 보자기를 벗겨내 선미에게 건
넸다. 선미는 그 분홍색 보자기를 둘둘 말아 쥐고 대회의실로
향하는 수밖에 없었다.

강당 형태의 대회의실에는 각 시에서 온 가족관계팀 공무
원들이 자리를 잡고 앉아 있었다. 입구에서 나눠주는 교육 자
료집을 읽고 있는 사람도 있었고, 의자에 깊숙이 기대 고개까
지 젖힌 채 졸고 있는 사람도 있었다. 진행을 맡은 법원 직원들
이 앞쪽부터 자리를 채워달라고 안내했지만 다들 최대한 구석
진 자리에 앉으려 했다. 양 팀장은 뒤에서 세 번째 줄 중앙에
앉아 있었다.

"선미! 여기, 여기!"

양 팀장은 자료집은 받지도 않고 다과로 마련된 과일 주스
와 과자만 종류별로 챙긴 채였다. 선미는 양 팀장이 건네는 사
과 주스와 찰떡파이를 받았다.

"다들 아마추어야. 오히려 이런 자리에 앉아야 시선을 덜
받는데 말이야."

양 팀장은 강당 형태의 회의실에서는 절대 통로 쪽에 앉으
면 안 된다는 둥, 단상에 선 진행자의 시야에는 바로 들어오면
서도 세세한 얼굴 표정이나 눈빛까지는 보이지 않는 뒤쪽 중

앙 자리가 좋은 자리라며 말을 이었다.

"너무 성의 없어 보이지도 않고. 주의를 끌지도 않는단 말이지."

"팀장님은 정말 모르는 게 없으시네요."

양 팀장이 주저리주저리 떠들어대는 말을 끊으려고 했을 뿐인데, 선미의 공치사가 마음에 들었는지 양 팀장은 의기양양한 표정을 지었다.

"선미가 뭘 좀 아네."

의도치 않게 점수를 딴 선미는 머릿속에서 바쁘게 펼쳐지는 상상에 신경을 쓰느라 양 팀장의 반응에는 관심이 없었다. 교육 중에 누군가 선미의 어깨를 두드린다. 뒤를 돌아보면 아까 서류를 제출했던 사무원이 근엄한 표정으로 서 있고 그의 손에는 이순영과 송미영의 혼인신고서가 들려 있다. 혹은 교육을 마치고 나가는데 누군가 선미를 붙잡는다. 그리고 선미가 아닌 양 팀장에게 말하는 것이다. 하주시에서 접수된 이 혼인신고서는 뭐냐고. 도대체 무슨 의도로 이런 짓을 한 거냐고.

― 언니, 어떻게 됐어요?

― 아직

괜찮아? 모르겠어? 선미가 가경에게 보낼 답장을 고민하고 있을 때, 대회의실의 조명이 어두워졌다. 고개를 들자 강단에

146

교육을 맡은 사무관이 서 있었다. 짧은 자기소개와 인사에 이어 대본을 암기한 듯 막힘없는 말들이 쏟아져 나왔다.

"일선에서 가족관계 등록 사무를 처리하며 노고가 많으신 지방행정 공무원 여러분께 감사 말씀드립니다. 잘 아시다시피 가족관계 등록 사무는 대법원이 관장하되 각 시, 구, 읍, 면의 장에게 위임하여 신고나 신청 등 등록 신고를 수리하고 등록부에 기록하는 사무와 증명서를 발급하는 사무, 장부 정리와 감독법원의 송부 사무를 처리하게 하고 있습니다. 여러분께서는 감독법원인 우리 법원에 신고 장부와 신고서를 송부하고 시정사항 및 개정된 법규를 교육받기 위해 오늘 이 자리에 모이셨습니다. 신고서는 다들 제출하셨지요? 그럼 지금부터 이 달의 교육 내용을 소개드리겠습니다."

대형 스크린에 '1. 시정 조치 사례'라는 글자가 떴다. 첫 번째로 A시 G구에서 신고서를 접수받는 공무원이 사망신고서의 내용을 잘못 확인하여 사망자인 어머니와 신고자인 딸의 정보를 반대로 전산에 입력한 사례가 소개되었다. 다행히 내부 결재 과정에서 발견되어 해프닝으로 끝났다고 했다.

"해당 공무원은 사망자와 신고자가 한 가구에 거주하고 있었기 때문에 더더욱 혼동이 있었다고 합니다. 여러분께서도 이 점을 주의하시고 각별히 챙겨주시길 부탁드립니다."

선미는 어쩌면 다음 달 교육 자료에는 자신과 가경이 H시 공무원 1, 2로 언급될지도 모른다는 생각이 들었다. 해당 공무원들은 전산 시스템이 업데이트되면서 오류가 생긴 것이 아니냐며 어쩌다 실수를 한 것인지 잘 기억이 나지 않는다고 말했습니다. 강단에서 마치 교육 로봇처럼 청산유수로 말을 이어 가는 사무관이 어처구니없다는 표정을 짓는 것을 상상하자 선미는 마음이 조금 편해졌다.

두 번째 사례는 내국인과 외국인의 혼인신고 과정에서 외국인이 타국에서 혼인관계를 유지하고 있다는 것이 확인되며 벌어진 일이었다. 자료 화면으로 한 방송국의 시사 고발 프로그램 영상이 재생되었다. 외국인 L씨는 국제결혼 부부에게서 태어나 선천적인 이중 국적을 가지고 있었는데, 이 중 한 나라에서는 서류상 미혼이었지만 다른 한 나라에선 서류상 기혼이었다. 외국인의 대역을 맡은 배우가 "법적인 이혼 절차를 진행하지 않았을 뿐 이미 사랑은 다 끝난 사이"라고 해명했다.

"미친놈. 미친놈이 뭐 별거야? 저게 미친놈이지."

양 팀장이 스크린에 손가락질을 했다. 양 팀장처럼 소리 내어 말하는 사람은 없었지만 혀를 차거나 탄식을 하는 사람들은 있었다. 선미의 귀에는 그 소리가 자꾸만 다르게 들렸다. 바보가 아니고서야, 어떻게 저걸 실수를 해. 다른 속셈이 있었던 거 아니야? 쯧쯧, 저 민원인도 뭔가 수상한데?

"해당 외국인은 서류상 미혼으로 기재된 나라에서 국내 혼인신고에 필요한 서류들을 발급받았기에 아무런 문제 없이 국내에서 혼인신고를 마치게 되었습니다. 다만 그가 이중 국적자라는 것을 뒤늦게 알게 된 배우자가 개인적으로 알아보던 중 타국에서 기혼 상태인 것을 발견하여 혼인 무효 소송을 제기하게 되었습니다. 방송이나 기사를 통해 보신 분들도 계시겠습니다만, 이 외국인이 의도적으로 사기 결혼을 하려 한 것이 드러나 문제가 되었습니다. 이 사례를 통해 혼인신고 접수 시에 이중 국적자 및 복수 국적자의 경우 국적을 가진 모든 나라에서 미혼증명서를 발급받아야만 접수가 가능하도록 법률 개정이 필요할지 논의 중이니 참고 부탁드립니다."

사무관은 방송을 통해 알려지면서 국민적인 관심이 쏠리고 있으니 당분간 국제결혼의 혼인신고를 접수받을 때는 주의를 기울여달라고 덧붙였다.

"이제 마지막으로 시정 조치를 받은 세 번째 사례입니다."

스크린에 양복을 입은 두 남자의 모습이 그림으로 나타났다. 그리고 그들 사이에 꽃다발과 반지 모양의 아이콘이 떠올랐다.

"C시 O읍에 남성 두 명이 혼인신고서를 제출했습니다. 이

들은 신고서를 제출하면서 자신들은 동성 부부이며 혼인신고서 제출 전 주말에 결혼식을 올렸다고 밝혔습니다. 당시 O읍에서 함께 살고 있었기 때문에 거주지인 O읍 행정복지센터에 혼인신고서를 제출한 것입니다. 현장에는 남성 1의 여동생과 남성 2의 어머니가 증인으로 동행했습니다."

거기까지 이야기하고 사무관은 작게 한숨을 쉬었다. 그리고 단상에 비치되어 있던 생수병의 뚜껑을 열고 물을 한 모금 마셨다. 벌써 교육이 시작된 지 30분이 지나 있었다. 사무관은 지쳤을 것이다. 어서 교육을 끝내고 싶은 마음만 가득한 공무원들을 앞에 두고 혼자서 떠드는 것은 영 힘이 빠지는 일이었을 것이다. 하지만 왜 그 순간인가. 왜 하필 그때 목이 마르고 힘이 빠지고 지친 기색을 드러내게 되는가. 선미는 사무관을, 정확히는 다시 말을 잇기 위해 움직이기 시작하는 사무관의 입을 뚫어져라 쳐다보았다.

"이 역시 잘 아시다시피, 국내에서 동성 간의 혼인신고는 현행법상의 근거를 찾을 수 없기에 불수리를 원칙으로 하고 있습니다. 여기 계신 분들도 신고서를 접수 후 신고자에게 불수리 통지서를 전달하는 것으로 매뉴얼 교육을 받으셨을 겁니다. 그런데 O읍 행정복지센터의 담당 공무원은 미처 교육을 받지 못한 신규 임용자로 몹시 당황하여 서류 접수 자체를 거부하여 신고자와 실랑이를 하게 됩니다."

스크린에는 커다란 글씨로 몇 개의 단어들이 띄워졌다.

동성 결혼은 불법.

혼인신고에 반대.

혼인신고서 제출은 업무 방해 행위.

사무관은 말없이 스크린을 바라보다가 두 손으로 짧게 마른세수를 했다.

"해당 공무원은 개인의 사견과 독단으로 신고자에게 보시는 바와 같은 발언을 하였는데, 이 모습이 당시 행정복지센터에 있던 다른 주민에 의해 동영상으로 촬영되어 인터넷에 유포되었고 해당 지자체로 항의 민원이 빗발쳤습니다."

사무관은 O읍이 속한 C시의 홈페이지 게시판은 해당 공무원의 문책과 징계를 촉구하는 내용과 신고자들을 향한 인신공격성 비난이 뒤섞여 한동안 혼란스러웠다고 덧붙였다. 스크린에 띄운 O읍의 공무원이 했던 발언들 위로 C시 홈페이지에 게시된 글들이 더해졌다. 선미는 스크린의 글자들이 마치 자신을 향해 화살을 쏘는 활 같다고 느꼈다. 영원히 화살이 떨어지지 않는 활. 끊임없이 시위를 당기고, 다시 당기고, 또 당기는 활. 당장 단상으로 달려가 날카로운 칼로 스크린을 갈기갈기 찢어버리고 싶었다.

"혼인신고 사무에 있어 동성 간의 혼인신고는 특히나 매우 민감한 사안으로 사회적 혼란을 야기하지 않도록 반드시 매뉴얼에 따라서 행동하여 주시기를 부탁드립니다."

양 팀장이 사무관의 '사회적 혼란'이라는 말을 정정하듯 중얼거렸다.

"혼란이 아니라 분란이지. 분란 조장이야."

사무관은 시정 조치 사례는 여기까지라며 잠시 쉬는 시간을 가진 다음 새롭게 제정되거나 개정된 법률에 대해 설명하고 질의응답 시간을 갖겠다고 말했다. 선미는 누구보다 먼저 자리에서 일어나 대회의실 밖으로 나갔다.

선미가 아홉 살 때, 이모가 결혼식을 올렸다. 선미와 사촌 동생은 화동이 되었다. 선미는 웨딩드레스를 닮은 하얀 원피스를 입고 머리에는 신부의 부케와 같은 꽃으로 만든 화관을 썼다. 사촌 동생은 아동용 턱시도를 입고 포마드로 머리를 넘겼다. 두 아이의 손에 들린 앙증맞은 바구니 안에는 장미 꽃잎이 가득 들어 있었다. 웨딩 마치에 맞추어 화동들은 장미 꽃잎을 흩뿌리며 걸었다. 그 뒤로 신부와 신부의 손을 잡은 신부의 아버지가 천천히 보폭을 맞춰 발을 내디뎠다.

선미는 이모를 좋아했다. 선미의 엄마는 사 남매의 첫째였고, 엄마의 막냇동생인 이모에게 선미는 열다섯 살 터울의 조카였다. 선미에게 처음으로 초콜릿과 사탕을 맛보여준 것도, 놀이터에 데려가 그네를 태워준 것도, 식사 전의 기도문과 찬송가의 율동을 알려준 것도 이모였다. 선미는 결혼이 뭔지 잘 몰랐지만 자신이 꽃잎을 뿌리며 걷고 있는 길 끝에 이모와 결혼할 남자가 서 있다는 것, 그 사람을 앞으로 이모부라고 부르며 가족으로 여겨야 한다는 것, 그리고 이모에겐 이제부터 저 사람이 가장 우선이 될 것이라는 건 알았다. 그리고 그게 싫었다.

앨범에서 그날의 사진을 볼 때마다 선미는 묘한 감상에 빠지곤 했다. 어른들의 화장품으로 눈썹을 그리고 눈두덩과 볼, 입술에 색을 입힌 어린 자신이 눈물을 흘리면서 웃고 있다. 흰 바닥에 붉은 꽃잎을 뿌리면서. 그 옆에는 까불까불한 몸짓의 사촌 동생. 그리고 이모. 외할아버지의 손을 잡고 걷는 이모는 바닥을 향해 눈을 내리깔고 있다. 천장에서 떨어지는 조명 탓에 이모의 눈가엔 살짝 그늘이 졌다. 그 때문일까. 이모의 얼굴은 비장하게 느껴진다. 무언가를 각오한 사람처럼.

하지만 그런 감상은 이미 나이를 먹고 훌쩍 커버린 선미의 것이다. 고등학생 시절, 선미는 자주 앨범을 펼친 채 시간을 보내곤 했다. 사진 속 어린 자신을 한참이나 들여다보았다. 힌트를 찾듯이. 지금의 자신을 만든 과거의 결정적 사건을 발견하려는 듯이. 그러면 모든 수수께끼를 푼 탐정이 되어 범인을 잡아낼 수 있을 것처럼.

이모는 자신의 결혼 생활이 행복하다고 말했다. 자상한 남편, 부모를 따르는 아이들. 화목하고 신앙이 깊은 가족. 매일이 꿈꿔온 날들이라고 간증했다. 그러면 교회에 모인 이들, 이모네 가족과 비슷한 모습을 한 여러 가족들이 그들에게 축복의 말을 건넸다. 선미의 엄마는 다행이라고 했다. "네 이모가 어릴 때 속을 썩여서 걱정이었는데 얼마나 다행인지 모른다"고.

선미는 엄마가 말하는 이모의 어릴 때를 알고 있다. 소문이 있었기 때문이다. 이모는 중학생 때부터 배구를 했다. 취미로 시작했는데 실력이 좋아서 유명해졌다. 전국 대회에 나갈 정도로 강팀이라는 여고에서 이모를 스카우트할 정도였다. 여고는 다른 도시에 있었고 이모는 외할아버지의 반대를 무릅쓰고 일주일 동안 단식 투쟁을 한 끝에 기숙사에 들어가지 않고 통학을 하는 조건으로 입학 허락을 받아냈다. 동네 사람들은 외할아버지가 늦둥이 막내딸에게 무르다고, 그렇게 다 큰 처녀애를 밖으로 내돌리다간 사달이 날 거라고 수군거렸다.

그들이 염려하던, 어쩌면 벌어지기를 고대하던 사달은 예상하지 못한 데에서 터졌다. 이모의 배구부 선배 중 한 명이 기숙사 옥상에서 투신한 것이다. 한밤중이었지만 다행히 순찰하던 기숙사 사감이 발견했고 구급차로 병원에 이송된 그 선배는 생명에는 지장이 없었지만 며칠간 의식을 찾지 못했다. 기숙사 옥상에서 유서로 보이는 편지가 몇 통 발견되었다. 편지들은 각각의 봉투에 단단히 봉해져 있었다. 그중 하나의 수신자가 선미의 이모였다.

처음엔 이모가 선배를 괴롭혔다는 소문이 퍼졌다. 하지만 후배가 선배를, 그것도 선후배 사이의 규율이 엄격한 운동부에서 후배가 선배를 죽을 만큼 괴롭힐 수 없다는 반박이 나왔다. 그다음엔 이모가 선배를 유독 따르던 후배였기 때문에 자신의 심경을 전할 사람으로 골랐으리라는 추측이 이어졌다. 하지만 배구부 부원들은 이모와 선배가 그만큼 가까운 사이는 아니었다고 증언했다. 그럼 대체 무엇 때문에? 사람들의 호기심은 점점 커졌고, 의식을 되찾은 선배는 학교로 돌아오지 않고 자퇴를 했다. 이목은 이모에게 쏠렸다. 하지만 이모는 누구에게도 편지의 내용에 대해 말하지 않았다.

온전한 진실보다 약간의 진실이 섞인 거짓이 더 그럴싸한 이야기로 완성되는 까닭은 그것이 사람들이 믿고 싶은 이야기이기 때문일까. 이모는 선배의 이루어질 수 없는 비극적인 사랑 이야기 속 매정한 짝사랑 상대가 되었다. "그 애가 독실한 신자라는 건 모두가 아는데, 그런 일에 휘말렸으니 얼마나 괴로울까." 이모는 비난이나 경멸이 아닌 동정과 연민의 시선 속에 배구를 그만두었고, 여고를 떠나 집과 가까운 학교로 전학했다. 교회에서 청년부를 이끌던 대학생과 짧은 연애를 했고, 그가 해외로 선교를 나가면서 헤어졌다. 고등학교를 졸업하고 간호조무사 자격증을 땄고 근무하던 병원의 원장이 소개한 제약 회사 직원과 결혼했다.

이모의 예전 일에 대해 여전히 교회 안을 떠도는 소문을 들었을 때, 선미는 중학생이었다. 이상하게도 반가운 마음이 들었다. 결혼 후 멀어진 것 같았던 이모가 다시 가깝게 느껴졌고, 당장이라도 이모를 만나 대화를 나누고 싶었다. 결혼 전까지 한집에 살았던 이모는 결혼 후 다른 지역에서 살고 있었다. 선미는 이모가 보고 싶거나 이모와 함께했던 날들이 그리울 때면 이모가 쓰던 방에 들어가 이모가 새집으로 가져가지 않은 짐들을 들춰보곤 했다. 그래서 그날도 이모의 짐이 담긴 상자들을 뒤적였다. 그전까지 선미가 주로 관심을 가졌던 건 이모의 싸구려 액세서리나 사진, 패션 잡지나 해외 가수들의 음반이었다. 그런데 그날은 어떤 상자의 맨 밑바닥에 깔려 있던 노트 한 권이 눈에 들어왔다.

'훈련 일지'라고 제목이 붙은 노트에는 이모가 배구부에서 훈련한 내용이 기록되어 있었다. 이모는 그림 솜씨도 있는 편이어서 간호조무사 시험을 준비할 때도 사람의 신체 구조며 혈관의 위치 같은 것을 잘 그렸는데, 훈련 일지에도 배구공을 원하는 방향으로 튕겨내는 팔의 모양을 각도별로 그려둔 것이 눈에 띄었다. 꽤 정성 들여 쓴 훈련 일지였지만 배구에 관심이 없는 선미에게는 심드렁한 기록이었다. 선미는 노트의 페이지를 대충대충 넘겼다. 기초 체력을 키우기 위해 운동장을 몇 바퀴 뛰었고, 점프력을 기르기 위해 근력 운동을 몇 분 했다는 내용들이 가지런히 이어졌다. 그러다 어느 페이지엔가 휘갈겨 쓴 글씨들이 보였다.

거기 적힌 건 이모의 참회록이었다. 사람들의 입을 오르내리는 흥미로운 거짓, 약간의 진실이 섞인 거짓이 아니라 진짜 진실이 거기에 있었다. 배구부의 두 선배가 사귀는 사이라는 걸 우연히 알게 되었고, 선배들이 더 이상 죄를 짓지 않을 수 있도록 애썼다는 고백. 하지만 자신의 노력이 부족해 죄에 빠진 이를 구해내지 못했다는 자책. 죄인의 원망은 하나도 두렵지 않다는 선언. 절대로 믿음을 굽히지 않겠다는 다짐.

선미는 그 노트를 뺀 나머지 이모의 물건들을 다시 상자에 담았다. 그리고 노트를 품 안에 챙겨 이모의 방에서 나왔다. 다시는 이모가 쓰던 방에 들어가지 않았다.

이모의 결혼식 날, 신부 대기실에 앉아 있던 이모와 사진을 찍기 위해 포즈를 취했을 때, 이모는 선미의 귀에 기쁘게 속삭였다.

"나중에 우리 선미도 이모처럼 결혼하면 이모가 제일 크게 축하해줄게."

그 말을 선미는 잊지 못한다.

쉬는 시간이 끝나고 교육이 다시 시작되었을 테지만 선미는 다시 대회의실로 들어가지 못하고 법원 건물 주변을 따라 마련된 산책로를 서성였다. 혹시나 양 팀장이 찾을까 걱정했는데 다행히 연락은 없었다. 어쩌면 양 팀장도 어디선가 시간을 때우고 있을지도 몰랐다.

통나무를 깔아 만든 길을 따라 걸으며 선미는 방금 전 대회의실에서 들었던 말들을 곱씹었다. 상처 받은 순간을 흘려보내지 못하고 오래도록 붙들고 골몰하는 습관은 스스로를 괴롭힐 뿐이라고, 은경은 선미를 말리곤 했다.

"떠올라서 괴로운 사람이 아니라, 괴로워질 때까지 떠올리는 사람 같아. 괴로워지려고 작정한 사람처럼, 괴로운 게 당연한 사람이라도 되는 것처럼. 언니, 그러지 마. 나 속상하게 하지 마."

은경과 약속했었다. 그러지 않기로. 은경을 속상하게 만들지 않기로. 하지만 그 약속을 떠올리는 것조차 약속을 어기는 일이라면. 그땐 어떻게 해야 할까. 지금 선미의 모습을 본다면, 은경은 그때도 걱정스런 얼굴로 바라봐줄까.

— 무슨 일이 생긴 건 아니죠?

가경에게 답장을 보내는 걸 잊고 있었다.

— 아직.

선미는 아까 입력만 하고 보내지 않았던 메시지에 덧붙이는 말 없이 전송 버튼을 눌렀다.

— 다행이네요!

가경은 틈날 때마다 정창민을 노려보고 있다고 했다. 김도연이 정창민을 향해 무슨 잘못을 한 거냐고 물어볼 만큼 티를 내면서. 정창민이 가경에게 도대체 왜 그러느냐고 물었지만 대답해주지 않았다고도 했다.

— 팀장님이랑 선미 언니 없다고 지금도 얼마나 농땡이를 치는지 몰라요.

세 사람의 모습을 상상하자 피식 웃음이 나왔다. 선미는 걸음을 멈추고 크게 심호흡했다. 맑은 날이었다. 어딘가에 꽃나무가 있는지 희미하게 꽃향기가 났다. 새소리도 들렸다. 멀리서부터 지저귀며 다가왔다가 다시 멀어지는 새소리. 모멸의 순간은 지나갔고 선미는 지금 여기에 서 있다.

─ 지금은 뭐라는 줄 아세요? 법원 근처에 유명한 찐빵 집이 있다고 올 때 그걸 사다달라고 하래요.

─ 팀장님한테 말해볼게.

선미는 다시금 운전면허를 따야겠다는 생각을 했다. 이번에는 제법 구체적으로 계획을 세워보았다. 유효기간이 만료되었을 필기시험부터 다시 본 다음 실기시험에 대비한 운전 강습을 예전보다 더 많이 받아보겠다고. 운전면허를 따고 나면 차를 사는 것도 좋겠다. 그러면 일찍 퇴근한 날이나 주말에, 기차도 시외버스도 아닌 자신이 운전하는 차를 타고 하주시를 벗어날 수 있을 것이다. 기차역도 터미널도 거치지 않고, 아무도 모르게. 어디든. 어디로든.

─ 언니.

왜? 선미는 답장을 보내려다가 전송 버튼을 누르기 전에 멈췄다. 그리고 문자 메시지를 가만히 들여다보았다. 발신자는 은경이었다.

교육이 끝나기 전에 선미는 대회의실로 돌아왔다. 출입문 앞에 놓인 안내 테이블에 앉은 사무원이 선미에게 알은체를 했다.

"하주시 주사님이시죠? 아까 제출 걱정하셨던."

"네, 맞아요. 하주시 가족관계팀 도선미입니다."

선미는 불안을 티 내지 않으려 노력하면서 사무원의 눈치를 살폈다.

"교육 많이 지루하시죠? 그래도 저희 사무관님이 워낙에 베테랑이셔서 진행이 빨라요. 다른 분들 같았으면 세 시간이고 네 시간이고 늘어질 내용도 딱 두 시간 안에 끝내신다니까요."

"말씀을 정말 잘하시더라고요."

"다행이죠. 교육 길어지면 주사님들도 피곤하시고 저희도…… 아, 참!"

사무원이 테이블에 올려져 있던 서류철에서 종이를 한 장 뽑아 들었다. 선미는 심장이 덜컥 내려앉는 것만 같았다. 준비했던 변명의 말들도, 연습했던 표정도 떠오르지 않았다.

"여기, 이름 좀 적어주세요. 아까 쉬는 시간 끝나고 들어가실 때 참석 명단에 확인 서명 받았거든요. 원래 이렇게 오래 자리 비우시면 불참으로 하는데, 이번엔 처음이시니까 제가 봐드릴게요."

사무원이 한쪽 눈을 찡긋 감았다가 떴다. 사무원은 선미가 서명을 하는 동안에도 점심은 뭘 먹을지 생각해두었냐는 둥, 원래 고향이 하주시냐는 둥 쉴 새 없이 잡담을 늘어놓았다. 선미는 건성으로 대답하고 도망치듯 대회의실 안으로 들어섰다. 질의응답이 진행 중이었다. 양 팀장의 옆자리까지 가기엔 너무 시선을 끌 것 같아 문에서 가장 가까운 자리에 앉았다.

최근에 개정된 법률에 대한 질문과 답변이 몇 가지 이어진 뒤에 교육이 마무리되었다. 선미는 사람들이 하나둘 빠져나가는데도 자리를 지키고 있는 양 팀장에게 다가갔다. 예상했던 것처럼 양 팀장은 팔걸이에 팔을 올려 턱을 괸 채로 졸고 있었다.

"팀장님, 끝났습니다. 가시죠."

"어, 어, 선미 언제 왔어. 언제 끝났어?"

양 팀장이 졸음이 가시지 않는지 크게 하품을 하고는 공문을 내리거나 서면으로 해도 될 교육을 굳이 몇 시간씩 자리에 붙들어놓고 한다며 투덜거렸다.

"곧 점심시간인데 식사하고 갈까요?"

"좋지. 안 그래도 요 앞에 추어탕 맛있게 하는 집이 있어. 선미는 추어탕 먹나?"

"네, 좋아합니다. 그리고 창민 주사가 법원 근처에 찐빵 집이 유명하다고 하던데요."

"으이그, 창민이 그 녀석. 그런 건 아주 귀신이야."

추어탕 식당과 찐빵 가게는 모두 법원 앞 사거리에 있었다. 선미와 양 팀장은 법원 주차장에 차를 세워두고 식당으로 향했다. 뚝배기에 1인분씩 담겨 나오는 펄펄 끓는 추어탕을 한 그릇씩 먹고, 찐빵 가게에서 찐빵 한 상자 사서 하주시청으로 돌아왔다. 찐빵 상자를 발견한 정창민이 환호성과 함께 반기고, 김도연이 정창민보다 빨리 찐빵 상자를 챙겨 주변 팀에게 나눠줄 수 있도록 배분하는 동안 가경이 선미에게 다가와 속삭였다.

"아직, 괜찮은 거죠?"

"응, 괜찮아. 아직도."

상자 가득 들어 있던 찐빵이 동이 나고, 시청의 업무 시간이 끝나 직원들이 퇴근하고, 가장 마지막까지 남아 있던 선미가 분홍색 보자기를 차곡차곡 접어 서류를 모아두는 캐비닛 한쪽에 넣어둘 때까지 법원에서는 어떤 연락도 오지 않았다.

선미가 가경과 함께 송미영이 입원한 병원을 찾은 것은 가정법원에 서류를 제출하고 돌아온 지 일주일이 지나서였다. 퇴근길에 이순영의 연락을 받은 가경이 선미에게 동행을 청했기 때문이었다.

"무슨 일로 부르셨어?"

"저도 잘 모르겠어요."

선미는 '혹시'로 시작하는 말을 삼켰다.

하주시의 유일한 종합병원인 하주중앙병원 로비는 외래 진료가 끝난 늦은 저녁에도 사람들로 북적였다. 휠체어에 탔거나 이동식 링거 거치대를 끌고 다니는 환자들과 그들의 보호자들, 장례식장을 찾아온 검은 옷의 문상객들, 그 외에도 짐작할 수 없는 이유를 가진 사람들이 중앙 조명이 꺼진 어두운 로비 곳곳을 누볐다. 그들 사이를 헤치고 엘리베이터 쪽으로 가자 밝은 곳에 이순영이 기다리고 있었다.

"고모!"

"안녕하세요!"

이순영은 커다란 플라스틱 물통을 들고 있었다. 뚜껑엔 탈착할 수 있는 실리콘 빨대가, 옆면엔 두 손으로 잡을 수 있는 손잡이가 달려 있어 환자용이라는 티가 났다. 이순영이 목에 걸린 보호자용 출입 카드를 엘리베이터 버튼에 가져다 댔다. 엘리베이터 문이 열렸다.

"저녁엔 카드 찍어야 버튼이 눌려. 보호자만 출입할 수 있거든."

"그런데 면회가 돼요?"

"병실에선 안 되지."

이순영은 병원 건물 중간층의 버튼을 눌렀다. 버튼 옆에는 '스카이 가든'이라는 이름표가 붙어 있었다.

"비무장 지대 같은 곳이랄까."

분단국가를 모국으로 가진 사람들만 이해할 수 있을 농담이었다. 선미는 낙관적인 짐작을 했다. 송미영의 상태가 많이 좋아졌나 보다. 아직 밤엔 바람이 조금 차가운데도 건물 테라스에 마련된 휴식 공간으로 외출을 할 수 있을 만큼. 하지만 엘리베이터에서 내려 처음으로 마주한 송미영의 얼굴엔 병색이 완연했다. 무늬가 화려한 스카프를 두건처럼 머리에 두른 송미영은 테라스 유리 벽 너머의 어딘가를 바라보고 있었다. 이순영이 다가가 무언가 속삭이더니 송미영의 휠체어를 밀고 벤치가 있는 곳으로 향했다.

"반가워요, 선미 씨. 나 송미영이에요."

그 짧은 인사를 단어마다 끊어가며 천천히 내뱉어야 할 만큼 송미영은 힘겨워 보였다. 병원 이름이 잔뜩 새겨진 이불로 둘둘 싸맨 몸에서 여러 가닥의 호스들이 뻗어 나와 있었다. 선미는 놀란 티를 내지 않으려고 애써 활짝 웃었다.

"도선미입니다. 가경이 직장 동료예요."

가경의 눈에는 벌써 눈물이 그렁그렁 맺혀 있었다.

"하주 고모, 저예요. 가경이에요. 기억하세요?"

"그럼, 당연하지. 우리 가경이."

송미영이 가경의 이름을 부르자, 가경은 결국 참지 못하고 울어버렸다. 이순영이 가경의 등을 토닥였다.

"울 거 없어, 울지 마. 축하하자고 부른 거야. 체력이 많이 올라와서 수술 잡았거든."

이순영이 미소 짓자 송미영도 따라 웃었다. 둘의 얼굴에 새겨진 주름이 닮았다는 걸 선미는 바로 알아볼 수 있었다. 오래도록 서로를 거울처럼 바라보며 웃었을 두 사람이 상대의 방식으로 웃게 되는 것은 어쩌면 당연한 일이었으리라. 그렇게 누가 누구의 웃음을 따라 하는지도 모르게, 스며들어 섞여 버렸으리라. 선미는 축하한다고, 정말 잘되었다고, 진심을 담아 말했다.

수술을 앞두고 꼭 감사 인사를 하고 싶었다고, 퇴원하면 결혼사진을 찍어서 커다란 액자로 만들 거라고, 그 옆에 혼인신고서도 같이 걸어둘 거라고 말하는 송미영의 눈이 희망으로 빛났다. 선미는 송미영의 모습을 다시 살폈다. 얼굴은 수척했지만 혈색이 돌았고, 이순영이 꼼꼼하게 둘러주었을 이불 속이 포근해 보였다.

"사진 찍으러 가실 때 저도 들러리 서러 갈게요."

할 수만 있다면 두 사람을 위한 성대한 결혼식을 열고 싶었다. 웨딩드레스든 양장이든 한복이든 입고 싶은 대로 차려입고 멋을 낸 두 사람을 축하하고 싶었다. 식장을 꾸미며 하객을 불러 모으고, 맛있는 음식들로 피로연을 하고, 신혼여행도 보내고 싶었다. 팡파르를 울리고, 꽃가루를 뿌리면서, 요란하게, 평범하게.

이순영이 먼저 내려가라며 엘리베이터에 출입 카드를 찍어 주었다. 엘리베이터 문이 완전히 닫힐 때까지, 점점 좁아지는 문틈으로 이순영과 송미영의 모습을 조금이라도 더 보려는 듯 가경은 눈도 깜빡이지 않고 우두커니 서 있었다.

"언니, 나 왜 억울하죠?"

"나도 그래."

"아무나 붙들고 막 욕하고 싶어요."

엘리베이터는 금세 로비에 도착했다. 로비는 아까보다 더 어두워진 듯했다. 응급실로 향하는 입구만이 빨간 간판을 밝히고 있었다. 선미와 가경은 누가 먼저랄 것도 없이 자연스럽게 로비 한쪽에 놓인 의자에 나란히 앉았다.

"오늘도 아무 말이 없었어."

선미의 말이 무슨 뜻인지 가경도 알았다. 선미가 계속 말을 이었다.

"정말 이렇게 쉽다. 거짓말 같아. 꿈 같기도 하고. 우리가 정말 그런 일을 했나? 실감이 안 나서 가끔 그 문서를 찾아서 들여다봐. 그 혼인신고서. 잘 있더라. 다른 혼인신고서들처럼, 아무렵지도 않게."

이송 요원이 환자용 침대를 밀고 지나갔다.

"그날 법원에 갔을 때, 동성 결혼은 민감한 사안이라고, 사회적 혼란을 야기하지 않도록 주의하라는 말을 들었어."

선미의 말을 듣던 가경은 '혼란'이라는 단어를 처음 배우는 사람처럼 몇 번 소리 내어 발음해보았다.

"그런데 아무 일도 벌어지지 않았어."

폭우가 쏟아지거나 불벼락이 내리꽂히는 일은 없었다. 땅이 꺼지거나 바다가 마르는 일도 없었다. 해는 동쪽에서 뜨고 서쪽으로 졌다. 하루는 스물네 시간이었고, 지구는 자전과 공전을 멈추지 않았다. 사람들은 잠을 자고 잠에서 깨고 몸을 씻고 밥을 먹고 거리로 나왔다. 선미는 자신이 그토록 두려워하던 죄와 벌을, 단죄와 속죄를 다 버리겠다고 결심했다.

"너한테 제안하고 싶은 계획이 있어."

선미가 은경과 만난 건 법원 산책로에서 은경의 메시지를 받은 다음 날이었다. 하주역에서였다. 두 사람이 사귀기로 했던 날, 은경을 배웅했던 이후로 그곳에서 함께 있는 건 처음이었다. 아니, 처음이라고 선미는 생각했다.

"이제야 맘 편하게 여기서 언니랑 만나네."

아직 두 사람이 헤어지기 전에 몇 번이나 하주역에 왔었노라고 은경은 말했다. 서울로 가는 기차를 기다리는 선미를 지켜보다 같은 열차를 탈 때도 있었다고. 그보다 더 많이, 아무런 약속도 없이 하주역에 올 때도 있었다고. 선미는 마음속에 오래도록 자리했던 무언가가, 견고한 벽이라고 생각했고 때로는 자신을 지키는 울타리라고도 여겼던 그 무엇이, 와르르 무너져 내리는 것을 느꼈다.

은경을 만나러 갈 때면 항상 이 역을 거쳐 갔다. 선미에게 하주역은 갑갑한 시선과 입방아에서 벗어날 수 있는 탈출로의 입구였고, 동시에 제 스스로 되돌아오는 감옥의 문이었다. 그래도 하주역과 연결된 곳에 은경이 있다는 것, 그렇게 자신과 은경이 이어져 있다는 사실이 얼마나 선미에게 안도감을 주었나. 언젠가 선미는 그런 마음을 편지에 적어 은경에게 건넨 적도 있었다. 네가 있어서 얼마나 다행인지. 얼마나 삶에 안도하게 되는지. 하지만 그 안도감이 아슬아슬한 균형 위에 세워진 유리 장식 같은 것이었다는 걸 은경은 알고 있었던 것이다.

"역 밖으로 나갈 수가 없더라. 언니를 곤란하게 할까 봐."

선미는 은경의 얼굴을 보고 싶었지만, 아주 오랜 시간 동안 바라보며 샅샅이 뜯어보고 싶었지만, 그럴 수 없었다. 은경의 얼굴이 시야에 들어오는 순간 감정이 북받쳐서 소리 내어 엉

엉 울어버릴 것 같았다. 그래서 테이블 위에 놓인 두 잔의 커피
만 바라보았다. 언제나처럼 뜨겁고 진한 커피가 은경의 앞에
놓여 있었고, 선미의 설탕을 넣은 커피 위에는 우유 거품이 얹
혀 있었다. 돌아갈 기차표를 끊어두었다며 역 안의 카페에서
잠깐만 만나자고 한 은경이 미리 주문해둔 커피였다.

"미안해."

"사과하라고 온 거 아니야."

"그래도 미안해, 은경아."

"언니."

은경이 몸을 숙여 선미와 눈을 맞췄다.

"나 유학 가. 그 전에 한 번만 보고 싶어서 왔어."

선미와 가경이 병원에서 이순영과 송미영을 만나고 돌아온
며칠 뒤, 이순영은 송미영이 무사히 수술을 마쳤다고 소식을
전해왔다. 얼마간 더 입원해 있다가 통원 치료를 시작할 거라
고 했다.

선미는 운전면허 학원에 등록했다. 미리 신체검사를 받고
간 덕에 등록한 날 바로 필기시험을 위한 필수 강의를 수강하
고 그다음 날 시험을 봐서 합격할 수 있었다. 매일 퇴근 후 두
시간씩 운전 강습을 받으며 기능시험도 주행시험도 빠르게 합

격했다. 학원에 등록한 지 보름 만에 운전면허증을 받을 수 있었다.

"이야, 도선미. 도전 정신이 대단하네?"

정창민이 운전면허 시험도 엄연한 국가고시인데 합격 기념으로 커피라도 돌려야 하는 것 아니냐며 알짱거렸다.

"그래, 내가 쏜다. 마셔."

선미가 카드를 내밀자 정창민이 얼떨떨한 표정을 지었다.

"창민 주사님, 저는 아이스 라테요."

"저는 아이스 아메리카노요."

"들었지? 난 핫 초코."

양 팀장은 휴가 중이었다. 아내의 수술은 잘되었는데, 고향 집에 홀로 살고 계신 아버지가 욕실에서 넘어지는 바람에 거동이 불편해지셨다고 했다. 시청 로비에 지역 내 어르신들이 직원으로 일하는 카페가 있는데도 정창민은 굳이 시청 건너편 카페에 다녀오겠다고 했다.

"간식거리도 같이 좀 사도 되겠습니까, 도선미 님?"

"오케이."

간식을 얼마나 살 작정인지 김도연까지 데리고 정창민이 자리를 비운 사이, 선미는 가경의 자리로 다가갔다. 아직 창구 업무가 시작되기 전인 이른 오전이었다.

"그럼 시작해볼까?"

선미의 말에 고개를 끄덕인 가경이 가방에서 서류를 한 장 꺼냈다.

혼인신고서.

선미는 퇴근 후 집으로 가는 버스가 아닌 다른 버스를 탔다. 하주중앙병원을 지나 하주역을 거쳐 이순영과 송미영이 살고 있는 집 근처까지 가는 버스였다. 맨 뒷자리에 앉아 차창 밖을 스쳐 지나가는 풍경들을 바라보았다. 아기자기한 상점과 카페, 레스토랑이 모인 거리도 있었다. 선미는 한 번도 가보지 않았지만, 하주시의 새로운 번화가로 떠오르는 곳이었다. 서로에게 몸을 기댄 연인들이 조금씩 휘청거리며 걷는 모습이 보였다. 그 모습은 균형을 잃은 것이 아니라 두 사람만의 새로운 균형을 찾은 것처럼 보였다.

어쩌면 저들 사이를 걸을 수도 있지 않았을까. 은경과 함께. 선미는 상점의 쇼윈도를 구경하는 자신과 은경을, 카페에 마주 앉은 모습을, 레스토랑에서 나눠 먹을 음식을 상상했다. 버스는 계속 달렸고, 버스가 신호에 멈춰 서거나 속도가 느려질 때마다 선미는 환영처럼 거리 곳곳에서 자신과 은경의 다정한 모습을 발견했다.

이순영과 송미영의 집은 딱 한 번 가보았을 뿐이지만 길을 헤매지 않고 찾아갈 수 있었다. 2층에 불이 켜진 창문이 하나 있었다. 선미는 그 창문을 한참 올려다보다가 발길을 돌렸다.

집으로 돌아와서는 청소를 했다. 마른걸레로 바닥을 쓸고, 젖은 걸레로 닦아낸 다음, 다시 새로운 마른걸레로 물기를 닦아냈다. 땀이 배어난 몸을 씻고 나와 새 잠옷을 꺼내 입었다. 그리고 침대 아래에 무릎을 꿇었다. 두 손을 모았다.

그걸로 안 되겠어요.

"모자라요."

다음 날 선미는 제일 먼저 시청 문을 열고 출근했다. 책상 위에는 가경과 김도연이 올려둔 신고서들이 놓여 있었다. 선미는 가경이 접수한 신고서 뭉치에서 가장 아래의 한 장을 뽑아냈다. 혼인신고서였다. 첨부 서류인 신고자의 신분증은 두 여성의 것이었다. 전날 가경과 나눈 대화가 떠올랐다.

"너한테 제안하고 싶은 계획이 있어."

"계획이요?"

"얼마나 사회가 혼란해지는지 보려고. 아니, 봐야겠어. 보고 싶어."

선미의 말에 가경이 씨익 웃었다.

"이런 말은 듣고 나면 절대로 듣기 전으로 돌아갈 수 없는 거 아시죠?"

선미는 '기록' 버튼을 눌렀다. 그리고 이어서 '승인' 버튼을 눌렀다. 이제 대한민국에는 두 쌍의 레즈비언 부부가 있다. 혼인신고를 마친, 혼인관계증명서를 출력할 수 있는 두 쌍의 부부.

모자라요.

선미는 마치 누가 자신을 보고 있기라도 한 듯이 고개를 들어 위쪽을 바라보았다.

5   도선미와 이가경, 그리고 101쌍의 부부

바로 지금, 대한민국에서 혼인신고를 하고 싶은 레즈비언 커플이 있다면 가능한 방법이 있다. 준비물은 양식을 채워 자필로 작성한 혼인신고서와 두 사람의 신분증. 두 사람의 증인. 그동안 혼인신고를 하고 혼인관계증명서를 발급받았던 무수한 부부들과 다를 바 없이, 그거면 된다고.

소문은 이가경이 대학 시절 퀴어 동아리에서 만난 친구들을 시작으로 암암리에 퍼져나갔다. 믿을 만한 언니, 동생, 지인을 통해 하주시청 민원봉사과 가족관계팀의 두 공무원을 알게 된 레즈비언 커플들은 일말의 의심을 거두지 않은 채 조심스럽게 낯선 관공서를 찾았다. 그렇게 다녀간, 연인에서 부부가 된 이들의 소개가 비밀리에 이어졌다.

시간이 흐를수록 이가경과 도선미는 점점 대범해졌다. 긴장한 상태로 일주일에 한 커플의 혼인신고서를 겨우 접수하던 것이 언제냐는 듯 가경은 매일같이 접수 약속을 잡았다. 선미의 책상 서랍에 기록되기를 기다리는 신고서들이 쌓일 때도 있었다. 두 사람을 돕기라도 하듯 양기택 팀장의 아버지는 하나뿐인 아들을 자꾸만 고향으로 불러들였고, 정창민의 태만도 변함없이 이어졌다.

운전에 익숙해진 선미는 가정법원을 혼자 방문했고, 제출 서류를 확인하는 사무원과 제법 긴 수다를 떨 수 있을 만큼 편한 사이가 됐다. 사무원은 가정법원의 인력 충원이 잘되지 않아 모든 직원이 과중한 업무에 시달린다며 선미에게 하소연을 했다. 사무원 덕분에 선미는 감독 담당 사무관이 각 지자체에서 가정법원으로 제출된 서류를 매달이 아니라 분기에 한 번씩 점검한다는 사실을 알게 됐다. 그 양이 엄청나기 때문에 특별히 민원이나 행정소송 등이 접수되지 않으면 대강 훑어보기만 한다는 것도.

선미와 가경은 어떤 날엔 축배를, 어떤 날엔 저주를 나눴다. 한 달에서 두 달로, 이번 계절에서 다음 계절로, 선미와 가경이 예상했던 '그날'이 멀어져 갔으므로. 이 모든 일이 밝혀지

176

는 날, 어떤 일이 벌어질까. 공범끼리의 유대감으로 불확실한 미래에 대한 걱정을 잊으려 노력하던 두 사람은 점차 두려움에 무뎌졌다. 대신 그 자리에 좀처럼 사그라지지 않는 의문이 자리했다. 무엇이 무서운 걸까. 왜 그래야만 하는 걸까. 뻔한 답이 뒤이어 떠올랐지만 납득되진 않았다. 애써 무덤덤해지기 위해 노력할 뿐.

그러는 동안 마땅한 지역 특산품도 잘 알려진 관광지도 하나 없는 작은 소도시, 하주시는 레즈비언들 사이에서 가장 핫한 지역으로 떠올랐다.

송나래와 조유미는 3년 전 뉴욕에서 혼인신고를 했다. 그전부터 함께 살면서 결혼 생활을 한다고 생각했기 때문에 혼인신고는 대단한 결심보다는 다소 즉흥적인 선택이었다. 두 사람 모두 결혼이나 결혼식, 혼인신고에 대한 의지나 갈망은 없었다. 다만 어느 날 알게 됐다. 뉴욕에서는 여행자도 혼인신고가 가능하다는 걸. 알고 나니까 하고 싶어졌다. 할 수 있다는데 안 할 이유도 없었다. 휴가를 맞춰 뉴욕에 가자고, 가서 혼인신고도 하고 그 김에 신혼여행이라는 핑계로 관광도 하자고 의기투합했다. 어쩌면 관광지의 이색 체험에 참여하는 정도의 마음이었을지도 모르겠다.

뉴욕에서 받은 혼인증명서를 액자에 넣어 함께 사는 집 거실에 걸었다. 현관문을 열고 집으로 들어오면 가장 먼저 보이는 자리였다. 처음엔 볼 때마다 기뻤다. 두 사람이 같은 마음으로 무언가를 원했고 그것을 위한 여정을 함께했으며 결국은 얻었다는 사실에. 그러다 어떤 날은 울컥 서러웠다. 그들의 모국어가 아닌 언어로 적힌 증명서가, 그들이 살고 있는 현실에선 아무것도 증명할 힘이 없다는 사실에. 그토록 상반된 감정을 불러일으키는 물건이었지만 매일 보다 보니까 어느새 집 안의 다른 물건들처럼 일상적인 풍경이 되었다. 가끔은 거기 있다는 걸 잊을 정도로.

"선배, 진짜 혼인증명서 갖고 싶지 않아요?"

대학 후배인 이가경이 전화를 걸어와 그렇게 물었을 때, 조유미는 장난스러운 선물을 이야기하는 줄 알았다. 다른 사람이 그런 말을 했다면 정색을 하고 화를 냈겠지만, 서로의 정체성을 아는 사이에서 나온 당사자들끼리의 농담이라면 맞장구를 쳐줄 수 있었다.

"공무원이 공문서 위조라도 해주려고? 대범하네?"

"아니, 그런 가짜 말고. 진짜 혼인증명서. 거실 액자 바꿀 때 되지 않았어요?"

이가경은 조유미와 송나래의 집에 초대받은 적이 있었다.

그때 거실에 걸린 액자가 무엇인지에 대해서도 들었다. 듣기만 한 게 아니라 눈물 콧물 흘리면서 한탄도 했다. 그러니 이가경이 그저 실없는 소리를 하려는 것은 아닐 터였다. 조유미는 이가경에게 자세히 말해보라고 대꾸했다. 그리고 경청했다.

조유미를 통해 이가경의 말을 전해 들은 송나래는 고민 없이 곧바로 결정했다. 하자. 이번에는 내가 프러포즈할게. 뉴욕에 가기 전 조유미가 그랬던 것처럼, 송나래가 한쪽 무릎을 바닥에 대고 다른 무릎을 세운 전형적인 구혼자의 자세를 취했다. 나랑 결혼해줄래? 3년 전과 달리 이번엔 질문한 사람도 대답하는 사람도 울먹였다. 두 사람은 매일 함께 누웠던 침대에 나란히 누워 하주시로 가는 가장 편리한 교통편이 무엇일지 의논했다.

김혜정과 백주영은 소개팅으로 만났다. 서로가 원했던 조건의 상대는 아니었다. 김혜정은 다른 건 몰라도 자신보다 키가 큰 사람을 만나고 싶었고, 백주영은 이전 연애에서의 안 좋은 기억 때문에 연하는 피하고 싶었다. 둘 다 각자의 취향과 선호에 대해 충분히 주변에 알렸다고 생각했는데 어째서인지 소개팅 자리에 나온 상대가 그에 부합하질 않았다. 그렇다고 무작정 퇴짜를 놓기엔 아쉬웠다.

세 살 차이긴 했지만 김혜정과 백주영 모두 30대 중반이었다. 나이가 들수록 연애 상대를 찾는 게 어려워졌다. 어릴 때처럼 상대의 정체성과 상관없이 마음이 달려나가는 고백 같은 건 엄두도 나지 않았고, 레즈비언들이 모이는 클럽이나 주점에서 대시하는 일도 피곤했다. 온라인 커뮤니티에서 만난 사람 중에는 신원을 속이는 경우도 있었다. 시간과 노력을 기울이며 서로를 위해줄 상대를 만나고 싶을 뿐인데 시작부터가 쉽지 않았다. 가끔은 이성애자들처럼 결혼정보업체에라도 가입하고 싶은 심정이었다.

두 사람은 몇 번 더 만남을 이어갔다. 김혜정은 백주영이 키는 작지만 비율이 좋다고 생각했다. 그러니 사진으로 봤을 땐 키가 크다고 생각했겠지 싶었다. 뭘 입어도 옷 태가 나는 몸이었다. 너무 열심히 훑어보는 걸까 싶어 머쓱해졌다. 백주영은 김혜정의 차분한 말투가 마음에 들었다. 이전에 만났던 사람은 신체의 나이가 어린 것 때문이 아니라 정신적으로 미숙했기 때문에 어리게 구는 사람이었다는 걸 새삼 깨달았다. 김혜정과 대화를 나누고 있으면 저절로 미소가 지어졌다.

두 사람의 소개팅을 주선했던 친구가 어느 날 물었다. 혹시 결혼하고 싶은 생각이 있느냐고. 김혜정과 백주영이 사귄 지 1년이 될 무렵이었다. 김혜정은 결혼을 한다면 백주영 같은 사람과 하고 싶다고 대답했다. 그 말을 들은 백주영이 입을 비죽 거리며 서운한 티를 냈다. 나 같은 사람이라니, 무조건 나랑 하고 싶다고 해야지. 김혜정은 그 모습이 사랑스러워서 백주영의 입에 쪽, 소리가 나게 입을 맞췄다.

이민정과 이지선은 머리부터 발끝까지 커플 아이템으로 꾸미고 하주시청에 들어섰다.

최유라는 회사에 휴가를 내지 못한 장은영의 신분증까지 챙겨서 하주시청을 찾았다. 가방을 열었을 때, 전날 밤 장은영이 넣어둔 편지가 보였다. 사랑하는 유라에게. 익숙한 글씨를 보자 그제야 긴장이 풀렸다.

한정희가 신분증을 두고 오는 바람에 김고은과 한정희는 네 시간 거리를 한 번 더 오가야 했다.

증인이 필요하다는 말에 기꺼이 함께 온 친구가 박성희와 배해진이 혼인신고서를 제출하는 순간을 폴라로이드 카메라로 찍어주었다.

안상미와 조윤주는 각자의 어머니를 증인으로 대동했다. 조윤주의 어머니는 딸 하나라 아쉬웠는데 며느리가 들어올 줄은 몰랐다며 호탕하게 웃었다. 안상미의 어머니가 그런 조윤주의 어머니를 슬쩍 흘겨보았다. 그 시선을 눈치챈 조윤주가 자기 어머니의 옆구리를 팔꿈치로 쿡 찔렀다. 아, 엄마, 좀!

서지애와 윤수정은 카페 사장과 손님으로 처음 만났다. 두 사람을 이어준 카페에서 소박한 결혼식을 올렸다. 웨딩드레스를 입은 두 명의 신부를 단골손님들이 축하해주었다. 늘 창가 자리에 홀로 앉아 커피를 마시던 손님이 선물이라며 이가경의 전화번호를 건넸다.

유예리와 정혜선은 헤어진 적이 있다. 헤어진 시간 동안 각자 다른 사람을 만났지만 다시 서로를 찾았다. 유예리는 그 사실 때문에 가끔씩 고통스러운 불안을 느꼈다. 정혜선은 유예리를 안심시키기 위해서는 지금까지와는 다른 방식의 애정 표현이 필요하다고 생각했다. 결혼이 반드시 해답일 수는 없겠지만, 그래도 상관없었다. 지금까지 두 사람이 그 누구와도 하지 않았던 낯선 행동이 관계에 도움이 되기를 바랐다.

지겹게 싸우고 화해하면서 6년을 보냈지만 혼인신고서를 들고서도 싸울 줄은 몰랐다. 손은미와 임지혜는 하주시청 주차장에 세워둔 차 안에서 30분 동안 말다툼을 했다. 화해는 언제나처럼 손은미가 청했고, 임지혜는 마지못해 받아들이는 척하며 안도했다.

결혼은 타이밍이라던 기혼자 친구들의 말을 김해진은 비로소 이해했다. 혼인신고서를 제출하려고 하니 예전에 만났던 애인들의 얼굴이 주마등처럼 스쳐 지나간 것이다. 결혼하는 사람이 반드시 가장 사랑하는 사람은 아니다. 무려 결혼식장의 신부 대기실에서 비장하게 말했던 친구도 떠올랐다. 결혼은 선택이다. 결혼은 타협이고, 쟁취고, 포기고, 또…… 뭐였더라? 그동안은 배부른 투정이라고 생각하며 이성애자 친구들의 결혼에 대한 말을 흘려들었다. 결혼할 줄 알았다면, 그때 좀 잘 들어둘걸. 아니, 근데 그걸 어떻게 알았겠어? 지금도 믿기지가 않는데?

"나도 안 믿겨. 자기랑 결혼하는 거."

김해진의 손을 잡은 윤주원이 감격에 젖은 얼굴로 말했다. 그래, 이 사람이 나랑 결혼하는 사람이구나. 이 사람인 거로구나. 김해진은 자신이 선택한 사람의 얼굴을 바라보았다. 이제 자신도 결혼하지 않은 친구들에게 결혼에 대해 떠들 자격이 생겼다는 생각이 들었다. 내가 해보니까 말이야, 그렇게 입을 뗄 수 있다니 속이 다 시원했다.

이성은과 최주영은 가위바위보로 결혼을 결정했다. 단판 승부였다. 이성은이 이기면 결혼하고 최주영이 이겨도 결혼하기로 했다. 두 사람은 혹시나 비길까 봐 걱정했지만 다행히 서로의 가위바위보 습관을 잘 알고 있었다.

"아빠, 내 본관이 어디야?"
다급하게 전화를 하는 박지영을 놀리던 문지영은 자신의 본관을 잘못 적는 바람에 두 배의 놀림을 되돌려 받았다.

혼인신고를 마치고 하주시청을 나서던 양은지는 중학교 동창과 마주쳤다. 여기는 어쩐 일이냐는 물음에 혼인신고를 하러 왔다고 말했다.
"결혼했구나? 축하해!"
"고마워."
전화번호를 알려달라는 말이 이어지자 양은지는 고개를 저었다.

"그냥 살다가 또 이렇게 우연히 만나면 인사나 하자."

"뭐?"

황당해하는 동창을 그대로 세워둔 채 돌아서서 성큼성큼 걸었다. 방금 전까지만 해도 까맣게 잊고 있던 사람이었다. 사실 지금도 이름이 헷갈렸다. 미영이었나, 미연이었나. 그런데 갑자기 너무나 미워졌다. 결혼을 축하한다는 말을 스스럼없이 내뱉는 모습에. 그 결혼이 바로 옆에 선 여자와 한 결혼인 줄은 꿈에도 모를 거라는 생각에. 불쑥 미움이 솟아났다.

"괜찮아?"

김민아가 양은지의 손을 잡았다. 익숙한 손의 온기가 마음을 누그러뜨렸다. 양은지는 뒤를 돌아보았다. 동창은 이미 자리를 떠나고 없었다.

박정윤과 채은주는 묵직한 상자를 이가경에게 안겼다. 두 사람이 직접 만든 쿠키가 한가득 들어 있었다. '그' 혼인신고는 항상 시청 업무가 시작되기 전인 이른 아침에 진행되었으므로 다른 직원들은 출근하자마자 영문도 모른 채 쿠키를 나눠 받았다.

"이게 웬 쿠키야? 재료를 아끼지 않고 듬뿍 넣은 걸 보니 딱 봐도 수제네."

정창민이 초코 쿠키, 호두 쿠키, 코코넛 쿠키를 종류대로 챙기며 신나했다. 김도연도 금세 하나를 다 먹고 더 먹어도 되느냐고 물었다.

"선미 언니한테 물어봐. 선미 언니 친구분이 주신 거니까."

이가경이 도선미를 향해 눈을 찡긋거렸다.

선미는 그날뿐만이 아니라 꽤 자주 시청 직원들로부터 고맙다는 인사를 받았다. 박지원과 임혜지가 들고 온 과일, 권문영과 백소영이 보낸 컵케이크, 신희원과 이연정이 만든 뜨개 수세미 덕분이었다.

"도선미 주사님은 좋은 친구들이 많으시네요."

옆 팀의 차석이 부럽다고 덧붙였다.

"그러게요. 저도 몰랐어요. 저한테 이렇게 좋은 친구들이 많은지."

그 말이 겸손으로 들렸는지 옆 팀 차석은 손사래를 쳤다.

"아유, 선미 주사님도 친구분들께 잘하시겠죠. 친구끼리도 서로 주고받는 게 있어야 만나지는 거잖아요."

그 말이 자꾸만 생각이 났다. 양기택 팀장의 빈 책상에 간식거리를 올려두면서, 다른 직원들이 모두 퇴근한 사무실에서 '그' 혼인신고들을 기록하고 수리하면서, 가경과 진행 상황을 문자 메시지로 주고받으면서, 선미는 그 말을 곱씹었다. 그 사람들과 선미는 무엇을 주고받았나.

처음엔 이해일 것이라 생각했다. 같은 경험을 공유했거나 예정한 사람들 사이에서 필연적으로 생겨날 수밖에 없는 이해. 그리고 그 이해가 존재한다는 사실을 주고받았다. 알려주고 알게 되었다. 그러자 세상이 이전과는 조금 달라졌다. 어떤 억울함, 어떤 상실감, 어떤 분노와 고민, 선택과 모험이 나 혼자만 겪는 일이 아니라는 것을 알고 나니 세상이 다르게 받아들여졌다. 때로는 나와 닮고 때로는 너무도 다른, 분명한 타인이 비슷한 고민을 하고 같은 결론을 내렸구나. 그렇게 생각하자 서로를 통해 스스로를 응원했다는 것을 깨닫게 됐다. 선미는 정말 그들 모두와 친구가 될 수 있을 것 같았다. 친구가 아닐 것도 없었다. 그들의 결혼을 진심으로 축하하고 행복을 빌었으니까.

가경은 다른 직원들이 출근하기 전 이른 아침에, 선미는 다른 직원들이 모두 퇴근한 뒤 늦은 저녁에, 조심스럽게 그러나 즐겁게 계획을 실행해나갔다. 문득 두려워지는 순간도 있었다. 그래서 혼인신고를 하겠다는 이들에게 여러 번 묻기도 했다.

"언제든 다 무효가 될 수 있어요. 그래도 괜찮으세요?"

강나은과 최수아는 괜찮다고 대답했다.

"법적인 처벌을 받게 될 수도 있어요. 그래도 하시겠어요?"

구선우와 장한나는 상관없다고 대답했다.

"어떤 일이 벌어지게 될지 사실 저희도 잘 몰라요."

송다인과 이재희는 어떻게 될지 자신들도 궁금하다고 대답했다.

"한번 보자고요. 어떻게 되는지."

나희주와 진채영은 전신을 검게 무장했다. 검은 모자를 쓰고, 검은 선글라스와 마스크를 끼고, 검은 옷을 입었다. 눈에 띄지 않으려 했던 것인데 오히려 그 모습이 더 튄다는 걸 너무 늦게 깨달았다.

윤송아와 채미래는 혼인신고를 마치고 놀이동산에 갈 생각이었다. 오랜만에 휴가를 맞춘 평일이었으니 주말에는 사람이 붐빌까 엄두를 내지 못했던 놀이동산에 가자고 약속했던 것이다. 하지만 하주시청을 빠져나오자 두 사람 다 더는 아무것도 하지 못할 만큼의 피로를 느꼈다. 고작 10분도 되지 않은 시간이었는데, 그저 서 있기만 했을 뿐인데. 두 사람은 어리둥절해하며 하품을 했다. 자꾸만 하품이 나왔다.

우현주가 최영진과 혼인신고를 하겠다고 하자 우현주의 언니는 질색을 하며 말렸다.

"너 영진이랑 만난 지 얼마나 됐다고 벌써 결혼이야?"

"만난 시간이 뭐가 중요해? 우린 서로 사랑하고 결혼하고 싶으니까 하는 거지."

"야, 사랑이면 다 되는 줄 알아? 결혼은 현실이야! 그리고 요즘 결혼식만 올리고 혼인신고 안 하는 사람들도 얼마나 많은데 덜컥 혼인신고부터 하면 어떡해?"

"언니, 미안하지만 내 생각엔 언니랑 형부보다 나랑 영진이가 더 잘 살 거 같거든?"

"그러다 후회해도 난 몰라. 난 분명히 말렸다?"

"그래, 일단 해보고 후회하든 말든 알아서 할게."

지금껏 동생의 고집을 꺾어본 적이 한 번도 없었던 우현주의 언니는 더 말을 보태지 않았다. 그러자 여섯 살 터울의 동생은 어릴 때부터 숱하게 보아온 모습으로 샌드위치를 먹기 시작했다. 유독 한쪽 볼만 빵빵하게 부풀리고서 바쁘게 입을 오물거렸다. 식빵의 네 귀퉁이를 잘라 만든 부드러운 계란 샌드위치. 우현주가 좋아해서 자주 만들어주는 간식이었다. 자신의 집 거실 소파에서 자신이 만든 간식을 먹고 있는 동생을 바라보다가 우현주의 언니는 문득 생각했다. 그런데 쟤들이 우리나라에서 혼인신고를 할 수가 있었나?

박영지와 허희선은 혼인신고를 하고 하루도 지나지 않아 후회했다. 하지만 서로에게 속마음을 이야기하지는 않았다.

서지수와 차민진은 혼인신고를 취소할 수 없는지 물었다. 이미 접수가 완료되어서 불가하다는 답변을 받았다. 원래 혼인신고는 그런 거라고. 신고서를 제출하는 순간부터는 절대 돌이킬 수 없는 거라는 말과 함께.

"자기라서 후회하는 게 아니라 그냥 너무 성급했나 싶어서."

"이해해, 나도 좀 분위기에 휩쓸린 것 같다고 생각했어."

"안 된다니까 어쩔 수 없지."

"그러게."

두 사람은 가벼운 발걸음으로 보폭을 맞춰 걸었다.

고원희와 정수빈은 혼인신고서를 쓰면서 서로가 유치원 동창이라는 사실을 알았다.

박미란과 박해영은 혼인신고서를 쓰면서 서로의 본명을 처음 알았다.

손유리와 최민희는 혼인신고서를 쓰기 전 각자의 부모님께 커밍아웃했다.

곽세라와 이유리는 같은 직장을 다녔다. 청년 예술가와 지역 아동센터를 연결한 예술 교육 프로그램을 기획하고 운영하는 사회적 기업이었다. 30대 초반의 젊은 대표는 입버릇처럼 직원 개개인이 회사의 가장 큰 자산이며 때문에 직원 복지가 무엇보다 중요하다고 말하곤 했다. 덕분에 HR팀인 곽세라는 새로 입사하는 직원마다 일일이 회사 내규를 설명하고 인적사항을 상세히 확인하느라 피로했다.

"기념일 축하 선물은 뭐죠?"

"본인 외에 지정하는 가족 한 분께도 생일이나 기타 지정한 기념일에 축하 선물이 지원됩니다."

"가족의 기준은 어떻게 되나요?"

"가족관계증명서를 제출하시면 됩니다."

"호적상 가족만 가능하다는 거네요."

이유리는 그 뒤로도 곽세라가 건넨 '사원 복지 목록'을 꼼꼼히 살펴보다 몇 곳에 밑줄을 그었다.

"경조사 지원 항목에서 결혼은 법률혼을 뜻하는 건가요?"

"혼인신고를 늦게 하시는 경우에도 결혼식을 하시면 축의금과 휴가는 지원이 됩니다."

"얼마나요?"

"축의금은 100만 원, 휴가는 근로일 기준 일주일이에요."

"아뇨, 혼인신고 말이에요."

"네?"

"얼마나 늦게 해도 되는 거냐고요."

"글쎄요, 그거까지 지정되어 있진 않아서요."

"한 50년…… 아니다, 30년? 25년? 그 정도 늦어도 되나요?"

그 말에 곽세라는 자신의 건너편에 앉은 사람이 무엇을 묻고 있는지 깨달았다. 이유리는 대답을 기대하지 않았다는 듯 서류의 다음 항목을 읽고 있었다.

"15년이면…… 괜찮지 않을까요?"

이유리가 고개를 들어 곽세라와 눈을 맞췄다. 그때 두 사람은 그날로부터 몇 달 뒤에 서로에게 사랑을 고백하게 될 줄, 또 15년이 아닌 몇 년 뒤에 결혼식을 올리고 혼인신고까지 하게 될 줄은 미처 알지 못했다. 창립 이래 첫 사내 결혼이었고, 회사 이름으로 각자에게 100만 원의 축의금이 들어왔다.

유진영과 천유정은 혼인신고서를 제출한 날짜를 손목에 타투로 새겼다. 유진영은 자신과 천유정의 이니셜을, 천유정은 제일 좋아하는 꽃이라며 노란 튤립을 함께 새겼다. 타투이스트가 "두 분의 기념일인가요?" 하고 물었다. 천유정이 그렇다고 대답했다. 유진영은 결혼기념일이라고 말하지 않는 천유정에게 섭섭한 마음이 들었다. 그러고 보니 처음 마음을 고백했던 것도, 항상 기념일을 챙기는 것도, 프러포즈를 한 것도 유진영이었다. 언제나 자신의 마음이 더 큰 것 같았다. 같이하고 싶은 일을 떠올리고, 가고 싶은 곳을 제안하고, 허락을 기다리는 것이 왜 항상 자신의 몫인가 생각하니 울컥 서러웠다.

"자기, 많이 아파?"

"아니, 아니. 괜찮아!"

유진영의 눈에 눈물이 고이는 것을 천유정은 곧바로 알아챘다. 자주 그렇듯이, 혼자 속으로 이런저런 생각을 하다가 어딘가에 걸려 넘어진 게 분명했다. 이번엔 또 뭘까. 이따 좋아하는 카페에 가서 레몬 치즈 케이크를 사줘야겠네. 천유정은 아무렇지 않은 척하려 해도 다 티가 나는 자신의 배우자를 바라보며, 저런 모습조차 답답하기는커녕 귀엽기만 하다고 몰래 감탄했다. 천유정의 손목에는 유진영과 첫 만남 때 선물받은 노란 튤립이 피어나는 중이었다.

한수영은 박희연과 이지호의 혼인신고를 다른 친구들처럼 축하할 수 없었다. 질투가 났다. 박희연이 부모와 자매들에게 '성공적으로' 커밍아웃한 것도, 이지호가 박희연의 부모에게 "사위가 좋으세요, 며느리가 좋으세요?" 하고 너스레를 떨었다는 것도. 그 모든 일이 그저 시트콤 드라마의 유쾌한 에피소드처럼 흘러갔다는 것이 몹시 부럽고, 참을 수 없이 화가 났다.

한수영은 자신의 부모를 잘 알았다. 레즈비언이라는 단어조차 불온하다고 여길 사람들이다. 자신의 딸이 레즈비언일 거라는 상상은 꿈에서도 해본 적이 없을 것이다. 그들은 이따금 방송이나 신문, 책에서 접하는 동성애자들을 손쉽게 비난했다. 그때마다 한수영의 마음은 조금씩 부서졌다. 그 부스러기들은 가연성이어서 약간의 화를 던져주면 활활 타올랐다. 한수영의 마음을 새카맣게 태웠다.

"솔직히 말하면, 난 이제 걔네 얘기 듣기 싫어. 짜증 나."

말하면 속이 시원할 줄 알았는데 오히려 더 답답해졌다. 그리고 부끄러웠다. 맞은편에 앉은 친구가 자신을 어떤 얼굴로 바라보고 있을지 확인할 용기가 나지 않았다. 어떻게 그런 말을 할 수가 있어, 누구보다 더 이해하고 응원하고 축하해야지, 너 정말 못됐다……

"나도 그래. 가끔은 저거 다 뻥인 거 아닐까, 쟤들 연기하는 거 아닌가 싶다니까."

친구는 한수영을 향해 웃어 보였다. 동병상련의 웃음이었다.

"희연이네 부모님은 젊고 말이 잘 통하는 분들이시잖아. 지호는 외국에서 살다 왔고. 우리 아빤 이제 곧 팔십 되는 할아버지야. 우리 엄만 나보고 호모 같으니까 머리 좀 기르래."

"그래도 어머니가 촉이 있으시네."

한수영도, 친구도, 깔깔 소리 내서 웃었다.

"난 절대로 부모님한테 커밍아웃 안 할 거야."

"나도. 난 물어봐도 잡아뗄 거야. 상상만 해도 피곤해."

한수영이 부르르 몸을 떨며 진저리 치는 순간, 한수영과 친구의 휴대폰이 동시에 울렸다. 박희연이 단체 메시지로 집들이 초대장을 보낸 거였다.

"샘나고 얄밉고 그래도 잘 살았으면 좋겠다."

"그래, 그랬으면 좋겠다."

한수영은 순순히 고개를 끄덕였다. 진심이었다. 부디 그러기를. 사랑하는 두 사람이 결혼해서 오래오래 행복하게 살았다는, 유치한 동화의 전형적인 해피엔딩을 아는 얼굴들의 모습으로 그려보고 싶었다. 더 많이, 지긋지긋해질 때까지.

"이제 비혼주의자라는 핑계는 못 대겠네."

신해인과 이지안은 커밍아웃하고 싶지 않은 주변 사람들의
무례한 호기심을 방어할 다른 방법을 찾기로 했다.

김지우와 유혜진은 서로를 부르던 호칭을 '자기'에서 '여
보'로 바꾸었다.

"하여튼 레즈비언들이란. 살림 못 차려서 안달이라니까."
조연희는 툴툴거리면서도 올라가는 입꼬리를 내리지 못했
다. 레즈비언에게 '사귀자'는 말은 '동거하자'는 뜻이고, 사랑
한다는 고백은 곧 프러포즈라는 레즈비언끼리의 자조적 농담
의 훌륭한 사례가 바로 자신이었다. 친구로부터 혼인신고를 할
수 있는 방법이 있다는 말을 들었을 때는 웃어넘겼는데, 친구
의 혼인증명서를 직접 보자 마음이 조급해졌다. 어떻게 해야
윤현정이 눈치채지 못하게 반지 사이즈를 알아낼 수 있을까.

강지호와 정태희는 하주시청에서 혼인신고를 한 50번째
레즈비언 부부였다. 둘 다 20대 초반 대학생으로 각자의 자취
방을 오가며 데이트를 하다가 강지호의 투룸으로 살림을 합치
면서 기념으로 혼인신고를 했다. 정말 결혼한 거라고 생각하
진 않았다. 조금 특별한 이벤트 혹은 사회 운동 캠페인 같은 거

라고 여겼다. 혼인관계증명서에 색연필로 하트를 그리고 냉장고에 붙일 때는 밑반찬을 전해주겠다며 갑자기 찾아온 강지호의 어머니가 그걸 발견하는 일 같은 건 미처 생각하지 못했다.

"너희들, 미쳤니?"

강지호는 어머니에게 중학교 2학년 때, 고등학교 1학년 때, 재수 시절까지 총 세 번의 커밍아웃을 했다. 하지만 어머니는 그 모든 일이 없었던 것처럼 굴었다. 여자친구가 생길 때마다 티를 냈지만 모른 척했다. 하지만 딸의 결혼을, 여자 둘의 이름이 적힌 혼인관계증명서까지 외면할 수는 없었다.

"태희 너, 너희 부모님은 아시니?"

정태희는 자신의 부모에게 커밍아웃할 생각이 없었다. 의학 기술의 발달로 기대 수명이 늘어난다는 뉴스를 볼 때마다 마음이 답답했다. 부모의 죽음 뒤에 진정한 자유가 올 거라고 생각하는 자신이 얼마나 불효자식인지 생각하고 싶지 않았다.

이거 아무것도 아니야.

웃으면서 말할 수도 있었을까. 우리나라에서 어떻게 동성결혼이 가능하겠어. 엄마, 이거 그냥 장난 같은 거야. 우리 둘이 사귀는 건 맞는데, 결혼까진 아직 생각 안 했어. 강지호는 자신이 떠올리는 말들이 정말 말도 안 된다고 생각했다.

"죄송합니다."

정태희는 자신이 왜 그렇게 말하는지 몰랐다. 하지만 그런 말이 나왔다. 나와버렸다. 강지호의 어머니는 그때서야 제대로 혼인관계증명서를 살펴보았다. 유별난 친구 사이일 뿐이라고, 여자애들의 우정이란 때론 너무 깊어지기도 하는 거라고. 그렇게 애써 외면한 딸과 그 옆에 선 여자애의 관계를 눈으로 확인하게 만든 무엇이라고만 생각했던 그 종이는, 놀랍게도 진짜처럼 보였다. 하지만 그럴 리가 없지 않은가. 하주시장의 직인이 찍힌 진짜 혼인관계증명서가 존재할 수 있을 리가…… 정말 없나?

하주시청 시민소통팀 신규영은 하주시청 홈페이지 '하주시에 묻습니다' 게시판, 일명 '하묻다'에서 이상한 제목의 게시글을 발견했다.

[동성끼리 혼인신고 되나요?]

'하묻다'에 등록되는 글은 뻔했다. 크게는 두 종류였다. 요청 혹은 호통. 그것도 표현 방식이 두 가지일 뿐이지 목적은 하나였다. 자신의 불편을 어서 해결하라는 거였다. 정류장에 서지 않고 지나치는 버스부터 이웃집 옥상에서 벌어지는 바비큐 파티까지, 내용은 천차만별이었지만 특별할 것은 없었다. 신규영은 게시글 작성자가 지목한 문제의 원인을 담당하는 부서에 내용을 전달하면 그만이었다. 버스나 택시라는 단어가 보이면 교통과, 주민 간의 불화는 생활과, 쓰레기나 악취는 청소과……. 시청 조직도를 펼쳐서 담당 직원을 확인한 뒤 '이관' 버튼을 누르는 게 신규영의 일이었다. 그런데 이 글은, 뭘 어쩌라는 거지?

[하주시에서는 여자끼리도 혼인증명서 받을 수 있나요?]

게시글 본문도 제목과 별반 다르지 않았다. 누군가는 호기심을 갖고 포털 사이트 검색창에 쓸 법한 질문이었으나 '하주시에서는'이라는 전제가 붙었다는 것이 영 찝찝했다. 여기가 미국도 아니고, 지역마다 법이 다를 리가 있나. 무슨 이런 질문을 다 남겼지?

'하문다'에 등록된 모든 글에는 반드시 답변이 달려야 했다. 시민과 소통하는 시장이라는 이미지를 중시하는 하주시장은 게시판 운영에 집착하며 '답변율 100퍼센트'를 유지하라는 엄포를 놓았다. 그 때문에 신규영이 시장 직속 부서인 시민소통팀의 게시판 관리 담당자가 되어 하루 종일 모니터를 들여다보고 있는 것이었다.

신규영은 새삼스럽게 자신이 하는 일에 넌덜머리가 났다. 더 의미 있는 일을 하고 싶었다. 재활용 쓰레기 수거 요일을 바꿔달라거나 사거리 보행 신호 유지 시간을 늘려달라는 요청 말고 하주시를 확 뒤집어엎을 만한 은밀한 제안을 받고 싶었다. 치열하게 고민하고 때로는 과감하게 뛰어들고 싶었다. 신규영은 그런 일이 있다는 걸 알았다. 신규영의 동기 중에는 도시계획과에서 구 도심의 재개발 사업을 담당하는 사람도, 경제진흥과에서 대기업의 공단 유치를 추진하는 사람도 있었다. 그들과 비교해 자신의 능력이 부족하다고 생각하지 않았다. 그런데 왜 이런 일만 주어지나. 왜 자꾸만 중심에서 밀려나는가.

답을 정해놓고 하는 질문이 스스로를 더 괴롭히기 전에 신규영은 크게 심호흡을 했다. 커피를 마셔야겠다는 생각이 들었다. 아주 진하게, 얼음을 잔뜩 넣어서. 자리에서 일어나기 전에 조직도를 펼쳤다. 혼인신고와 혼인관계증명은 민원봉사과 가족관계팀의 업무이다. 양기택 팀장, 도선미 주무관, 정창민 주무관, 김도연 주무관, 이가경 주무관. 가족관계팀 직원들의 이름 옆에 직급과 사진이 떴다. 신규영은 망설임 없이 정창민 주무관을 체크하고 이관 버튼을 눌렀다.

도선미는 시청 직원들이 모두 퇴근한 뒤에도 책상에 앉아 있었다. 지난 반년 동안과 마찬가지로 양 팀장이 휴가로 자리를 비운 날이었다. 잠긴 책상 서랍을 열쇠로 열고 그 안에 숨겨두었던 서류들을 꺼냈다. 일곱 장의 혼인신고서. 이로써 70쌍의 레즈비언 부부가 혼인관계증명서를 발급받을 수 있게 되었다. 그 숫자는 많은 걸까, 적은 걸까. 헤아려보면 가슴이 벅찰 때가 있었고 문득 쓸쓸해질 때도 있었다.

"이래도 되는 걸까요?"

이가경이 물었을 때는 20쌍의 혼인신고를 수리한 무렵이었다. 가경의 질문이 자신들이 벌인 일에 대한 후회나 회의의 표현이 아니라는 걸, 선미도 같은 마음이어서 알 수 있었다.

"그러게. 정말 이래도 되나 싶게, 아무 일도 없네."

열 번째쯤이면 걸릴 줄 알았다. 들키고, 추궁당하고, 대가를 치를 줄 알았다. 그런데 거짓말처럼 아무 일도 없었다. 바깥은 몰라도 내부가 이토록 조용한 건 다행이라기보단 오히려 화가 나는 일이었다. 누군가에겐 온 생애에 걸쳐 간절했던 일이 어디에선가는 무관심 속에 묻힐 뿐이라니. 첫 번째였던 이순영과 송미영 부부가 혼인신고를 했던 겨울이 지나 봄, 그리고 여름도 거의 끝나가고 있었다. 선미는 쓸쓸한 마음으로 서류들을 들춰보았다. 그러다 덜컥, 심장이 내려앉을 만큼 놀랐다.

채은경.

혼인신고서 한 칸을 차지한 이름. 선미는 다급하게 신고자의 생년월일을 찾아 읽었다. 다행히 선미의 은경이 아니었다. 나이도, 생일도 전혀 달랐다. 게다가 은경은 미국에 있지 않은

가. 은경이 유학을 떠난 지도 벌써 몇 달이 흘렀다.

은경이 출국하던 날, 선미는 긴 메시지를 보냈다. 이순영과 송미영에 대해서. 50년 동안 한 여자를 사랑한 여자와 그 여자와 같은 마음이기에 서로의 법적인 배우자가 되고 싶어 한 여자에 대해서. 그들을 위해 선미가 한 일과 앞으로 하려는 일을 은경에게 알려주고 싶었다.

— 내가 이렇게 용기를 낼 수 있는 사람이라는 걸 너무 늦게 알아서 미안해.

그리고 난 아직도 너를……

정작 해야 하는 말은 망설이다 지워버렸다. 은경에게서는 답장이 오지 않았다.

은경은 지금 보스턴에 있다. 선미는 보스턴에 대해 검색하다가 보스턴이 속한 메사추세츠주가 미국에서 최초로 동성 결혼이 법제화된 지역이라는 걸 알게 됐다. 어쩌면 은경은 그곳에서 누군가와 결혼을 할지도 모른다. 그 결혼에는 어떤 공무원들의 비밀스러운 계획과 실행이 필요하지 않을 것이다. 그런 생각이 들 때면 선미는 보스턴의 현재 시각을 계산해보곤 했다. 하주와 보스턴, 선미와 은경 사이에는 열네 시간의 시차가 있다. 그리고 그보다 마음의 거리가 훨씬 더 멀어졌으리라. 아마도 은경의 마음은 그럴 것이다. 선미는 아니었지만.

스스로가 바보 같다고 생각하면서도 선미는 후회를 멈추지 못했다. 다시 한번만 기회를 얻을 수 있다면, 시간을 되돌릴 수 있다면, 그럴 수만 있다면. 하지만 현실은 절벽 아래로 떨어져 내리는 폭포수처럼 한 방향으로만 선미를 휩쓸어갔다. 다음으로, 또 그다음으로.

나윤선과 홍주란은 항공사에 혼인관계증명서를 제출하며 부부 마일리지 합산을 요구했다.

구민영과 박예림은 보험사에 혼인관계증명서를 제출하고 보험료 할인을 요청했다.

배정화와 서수진은 은행에 혼인관계증명서를 제출하고 신혼부부 대출을 문의했다.

정연경은 의식이 없는 최하나의 보호자라는 것을 증명하기 위해 병원에 혼인관계증명서를 제출했다.

대한민국 곳곳에 존재할 수 없는 혼인관계증명서가 나타나기 시작했다. 여성과 여성, 동성 간의 혼인을 증명하는 서류였다. 항공사, 보험사, 은행, 병원, 그 밖의 여러 곳에서 그 혼인관계증명서의 진위를 파악하기 위해 하주시청으로 전화를 걸어온 것보다 '하주시에 묻습니다' 게시판에 새 글이 올라온 것이 한발 더 빨랐다.

"도선미, 이가경. 회의실로 와."

양기택 팀장이 싸늘한 목소리로 통보했을 때, 선미와 가경은 드디어 올 것이 왔음을 알았다. 정창민과 김도연이 무슨 일이냐고 물었지만 대답하지 않고 회의실로 향했다. 회의실 책상에는 '하묻다' 게시판의 게시글을 인쇄한 종이가 놓여 있었다.

"이가경, 소리 내서 읽어봐."

"동성 결혼 브로커 공무원을 찾아 징계해 주십시오."

양 팀장이 건넨 종이를 받아 읽던 가경은 자신의 입에서 나온 '브로커'라는 단어에 경악해 종이를 내려놓았다. 선미가 종이를 제 앞으로 끌어다가 나머지 문장들을 눈으로 읽었다. 대한민국에서 불법인 동성 결혼을 주선하고 공문서인 혼인관계증명서를 위조로 발급해주는 공무원이 하주시에 있습니다. 사기, 공문서 위조, 풍기 문란을 저지른 공무원을 색출해 주십시오. 사회적 물의를 빚은 책임을 지게 하십시오.

"너희 둘, 돈 받았어?"

생각지도 못한 방향의 추궁이었다. 당황한 가경이 횡설수설 대꾸했다.

"아뇨, 아니에요. 돈이라뇨. 그리고 동성 결혼은 불법이 아니라 법제화가 안 된 거잖아요. 공문서 위조도 아니에요. 시스템에 멀쩡하게 입력하고 발급된 거였어요."

"이가경 주사."

선미가 가경의 말을 막았다. 두 사람은 처음 계획을 세울 때 이런 날이 오면 어떻게 할지 예행연습을 했었다. 무슨 소리냐, 전혀 모르는 일이다, 혼인신고서를 제출할 때 신고인의 성별을 미처 알아보지 못했다, 당연히 혼인신고를 하러 왔으니 남자와 여자일 거라고 생각했다, 그러니까 그냥 실수다, 시스템에 오류가 있는지 잡아내질 못하는 동안 실수가 좀 잦았을 뿐이다, 죄송하다……. 하지만 그건 하주시에서 혼인신고를 한 레즈비언 부부가 101쌍이 된 지금에 와서는 먹힐 만한 변명이 아니었다.

"아무 대가 없이 한 일입니다. 팀장님, 공무원 한 사람 한 사람은 자신이 담당하는 행정 업무에 관계된 법령을 해석하고 그에 맞게 시행할 책임과 의무가 있다고 생각합니다. 저는 제가 해석하고 판단한 대로 행동했고, 전산 시스템도 오류라고 인식하지 않은 것뿐입니다. 책임져야 한다면 책임지겠습니다."

양 팀장은 말없이 선미와 가경의 얼굴을 번갈아 바라보았다. 세 사람의 침묵 속에 몇 분의 시간이 흘렀다.

"덮을 거야."

선미와 가경의 놀란 얼굴에 대고 양 팀장은 계속해서 말을 이었다.

"왜 그랬는지, 뭘 하려고 했는지 알고 싶지 않아. 몇 건인지 찾아보지도 않았어. 무조건 다 직권정정 해. 신규가 몰랐고 차석은 해이했어. 팀장은 방만했고. 뭐에 씌어서 다 같이 실수했다고 할 테니까."

양 팀장이 자리에서 일어나며 덧붙였다.

"창민이랑 도연이한테까지 불똥 튀지 말자. 받은 거 없다는 말은 믿을 테니, 오늘 중으로 처리해."

양 팀장이 회의실을 빠져나가고, 선미와 가경은 서로에게 할 말을 찾지 못한 채 우물쭈물했다. 먼저 입을 연 건 가경이었다.

"그래도 다 계획대로 된 거죠?"

그랬다. 그들은 이렇게 될 거라고 예상했고, 그러니 계획은 비로소 완전히 실현된 것이다.

이순영과 송미영부터 이미진과 한주경까지, 하주시청에서

혼인신고를 한 101쌍의 레즈비언 부부의 목록을 모니터에 띄워 둔 채로 선미는 한참을 멍하니 앉아 있었다. 자정이 가까워진 시각이었다. 아직 소문이 나지 않았는지 다른 직원들은 선미를 신경 쓰지 않고 퇴근했고, 남아서 돕겠다는 가경에겐 걱정 말고 먼저 가라고 괜찮은 척을 했다. 텅 빈 사무실은 익숙해졌지만 이제부터 해야 할 일은 낯선 것이었다. 선미는 자신이 입력해야 할 문장을 떠올렸다. 현행법상 수리할 수 없는 동성 간의 혼인신고가 공무원의 실수로 수리되었기에 하주시장의 권한으로 직권정정 함.

언제고 이런 일이 생길 거라고, 그래도 괜찮으냐고 항상 물었다. 101쌍의 부부 중 누구도 혼인신고를 하겠다는 결심을 그 질문 때문에 포기하지 않았다. 그들은 선미를 원망하지 않을 것이다. 결국 이렇게 되돌아갈 길을 왜 열어주었냐고, 막다른 길이라는 걸 알면서도 어쩌려고 이정표를 세운 거냐고, 그렇게 선미에게 화를 내는 사람은 자기 자신이었다.

바로 지금 이 순간, 대한민국에는 혼인신고를 마치고 혼인관계증명서를 발급받을 수 있는 101쌍의 레즈비언 부부가 있다. 그리고 세상은 망하지 않았다. 해가 서쪽에서 뜨거나 혜성이 지구에 충돌하거나 분노한 신이 천둥과 벼락을 지상에 내리꽂는 일은 없었다. 바닷물이 마르고 바위가 녹아내리는 일도, 사막의 모래 폭풍이 온 세상을 뒤덮고 식물들이 모조리 말라 죽는 일도 마찬가지이다. 그저 어떤 사람들이 조금 더 행복해졌을 뿐이다.

선미가 겨우 마음을 다잡고 키보드 위에 손을 올렸을 때, 책상 위에 올려둔 휴대폰이 진동했다. 문자 메시지가 도착했다는 알림이었다. 힐긋, 액정에 뜬 메시지를 확인한 선미는 자리에서 벌떡 일어섰다.

송미영의 부고였다.

6

다시, 도선미와 이가경

불문경고.

고작 그거라니.

도선미는 회의실 책상을 사이에 두고 자신과 마주 앉은 사람의 얼굴을 가만히 바라보았다. 인사팀 최선미 팀장이 한 번 더 말했다.

"불문경고로 처리할 거야."

불문에 부치며 다만 경고한다. 더 이상 거론하지 않고, 파고들지 않고, 잘못을 저질렀다는 사실만 인지시킨다. 공무원법상 정식 징계는 아니지만 인사 기록 카드에 적혀 승진이나 포상에서는 불이익을 받게 되는 조치. 한마디로 딱지 붙은 사람이 되는 거다.

"도선미 주사가 워낙에 성실했으니까 이 정도로 하는 거야. 알지? 위원회는 다음 주에 소집될 거고, 회의실 들어가서 고개 좀 숙이고 있다가 나오면 돼."

직원 개인의 징계를 포함한 인사 정보는 민감한 개인 정보기 때문에 어디에도 공표되지 않는다. 게다가 불문경고 정도는 인사 담당자가 아니고서야 알 필요도 없는 사안이고 당사자만 입 다물면 아무도 모른다. 평소와 똑같이 출근해서 일하고 월급도 정년까지 호봉에 맞춰 들어온다. 승진과 포상에 불이익이 있다곤 하지만 아예 배제되는 것도 아니다. 동기들보다 좀 늦거나 요직에 앉지 못할 뿐.

최선미는 이 정도면 도선미가 납득할 거라고 생각했다. 지금까지 지켜봐온 도선미는 야망 있는 스타일이 아니었다. 주어진 일 묵묵히 하고 좀처럼 눈에 띄려 하지 않았다. 딱 한 번, 자신에게 시청에서 일할 수 있게 해달라고 부탁했던 것 말고는 특별히 기억에 남을 만한 일도 없었다.

설마, 그때부터 뭔가가 시작되었던 건가.

최선미는 도선미의 표정을 살폈다. 속마음이 읽히지 않는 덤덤한 표정이었다. 도선미는 지금 무슨 생각을 하고 있을까. 욕심 없어 보이는 착실한 얼굴 뒤에 사실은 음흉한 속내가 있었던 건가.

공무원 개인이 독단적인 판단으로 법리적 근거가 없는 행정을 진행했다. 그것도 무려 101건이나. 계획적이며 상습적이었다. 변명도 하지 않고 반성할 기미도 없다. 팀 내부에서 덮고 넘어가려는 시도가 있었던 걸로 보아 단순 일탈이 아닌 조직적인 비위일 가능성도 있다. 공익 제보가 빗발치고 있어 빠른 수습이 필요하다…… 감사법무과 조사팀에서 넘어온 경위서를 처음 보았을 때, 최선미는 눈을 의심했다. 그 모든 일을 벌인 사람이 정말 도선미라고? 팀장 눈을 속이고, 신규까지 끌어들여서?

최선미는 자기도 모르게 한숨을 내쉬었다. 도선미가 그제야 입을 열었다.

"팀장님."

"혹시나 불복하겠다는 말은 하지 마. 자기야, 나 피곤해."

최선미의 머릿속은 도선미와의 형식적인 면담을 마무리하고 회의실을 나서면 처리해야 할 산더미 같은 일들로 복잡했다. 도선미 말고도 하루 안에 면담해야 할 직원들이 줄줄이 기다리고 있었다. 음주 운전과 같은 형사 처벌부터 민원인과의 잦은 다툼에 이르기까지 징계 사유가 다채로운 만큼 저마다 가진 사연도 구구절절했다. 징계의 시작은 경찰의 정보 공유, 법원에서 보낸 통지, 내부 고발까지 다양하지만 마무리는 늘

인사팀의 몫이었다. 직원들은 징계가 무거워도 가벼워도 무조건 반발했다. 그래야만 자신이 한 잘못이 줄어드는 것처럼. 혹은 사라지기라도 하는 것처럼. 이미 법원에서 유죄 판결을 받고도 조사팀 직원 앞에서 눈물을 쏟으며 결백을 주장하는 일도 있었다.

그런데 도선미는 달랐다. 감정을 드러내지 않았다. 변명하지도 부정하지도 않았다. 최선미는 조사팀 직원이 경위서를 넘겨주면서 했던 말을 떠올렸다. 들키기를 기다린 사람 같았다고.

"왜 묻지 않으세요?"

"경위서에 다 적혀 있는데 굳이 뭘 또 물어."

"제가 왜 그랬는지는 경위서에 적혀 있지 않잖아요."

경위서를 작성한 조사팀에서도 도선미에게 묻지 않았다. 왜 그랬는지, 뭘 하려고 했는지. 그저 언제부터인지, 몇 건이나 처리했는지, 누가 알고 있었는지, 대가로 금품을 받았는지에 대해서만 물었다. 도선미는 성실하게 대답했다. 101건의 혼인신고, 101쌍의 부부에 대해서. 그런데 다들 이상하리만치 그 질문을 피했다. 공무원 도선미가 무슨 이유로 이런 일을 벌였는지. 도대체 왜, 그랬는지. 뭘 하고 싶었는지.

"잘 들어, 선미야. 이 일 그렇게 어려운 일 아니야. 간단해.

잘못된 거 바로잡기만 하면 되잖아. 많이 다칠 필요 없어."

"제가 잘못이라고 생각하지 않아도 그런가요?"

더 이상 달래봤자 소용없을 것 같았다. 도선미가 정신을 차리게 도와줘야 했다. 최선미는 말투와 어조를 바꿨다.

"도선미 주사. 당신이 한 실수는 이미 다른 직원들이 바로잡고 있습니다. 양기택 팀장도 징계 대상이고, 이가경 주사도 휴가 마치고 복귀하는 대로 면담하고 징계 수위 결정할 겁니다."

인사권자인 부시장은 곧 있을 선거철까지 하주시가 조용하기를 원했다. 현직 시장이 무리 없이 재임에 성공하리라는 건 하주 시민 모두가 알았다. 하주시는 특정 당의 소속을 달면 누구든 당선되는 곳이라 그 당의 텃밭이라 불렸으니까. 시장이 이번 선거에서 3선을 채우고 물러나면 대를 잇듯 부시장이 나설 것이다. 이 또한 하주시 공무원이라면 잘 아는 이야기였다. 바람 불 일 없는 하주시. 하품 나올 정도로 평화로워서 누구도 주목하지 않는 하주시. 그걸 원하는 윗분들은 하주시의 집안일이 더 이상 바깥으로 퍼지지 않도록 처리하라고 지시했다.

하주시장의 직인이 찍힌 동성 간의 혼인관계증명서. 그 진위에 대한 문의가 오면 직원이 실수로 잘못 처리한 효력 없는 문서라고 답변했다. 101건의 혼인신고는 모두 직권정정 처리로 무효가 되었다. 당사자들에게는 담당 공무원의 실수였으며 징계 절차를 밟고 있다는 연락을 돌렸다. 이미 발급된 혼인관계증명서는 즉시 폐기하라고, 효력이 없을뿐더러 담당 공무원이 가중 징계를 받게 될 거라고 엄포도 놓았다. 취재를 요청하는 기자들에게는 직원의 단순 실수며 이미 다 수습된 해프닝일 뿐이라고 설명했다. 인터넷 신문사와 지역 언론에 단신 기사가 몇 건 나긴 했지만 매일같이 벌어지는 사건 사고에 묻혀 흘러갔다. '하문다' 게시판에 올라오는 비난의 글도 시간이 지나면 잠잠해질 것이다. 하주시는 작은 소도시일 뿐이니까. 최선미는 자리에서 일어나며 말했다.

"도선미 주사의 호소도 연설도 들을 생각 없습니다. 혹시 하주시청에 기자들이 몰려들고 뉴스에 오르내리길 원해요? 주목받는 투사가 되고 싶어요? 그럼 공직 밖에서 했어야지. 공무원 신분으로 벌인 일은 절차대로 책임지세요. 더 이상 동료들에게 피해 주지 맙시다."

매섭게 몰아붙이고 돌아선 최선미의 귀에 도선미의 목소리가 들렸다. 작지만 분명하게.

"책임, 지겠습니다."

공무원의 경조사 휴가는 결혼, 출산, 입양, 사망과 관련해

주어진다. 사망의 경우 망자가 배우자 혹은 본인 및 배우자의 부모일 때는 5일, 본인 및 배우자의 조부모와 외조부모는 3일, 자녀와 그 자녀의 배우자도 3일, 본인 및 배우자의 형제자매는 1일로 휴가 일수가 정해져 있다. 송미영의 사망은 이 중 어떤 것에도 해당하지 않았다. 연차 사용 휴가 신청서를 제출하면서 이가경은 피식 웃었다. 송미영이 이순영의 동성 배우자가 아니라 이성 배우자였어도, 고모부 상은 어차피 경조사 휴가 대상이 아니다. 그 사실을 깨닫자 저도 모르게 웃음이 나왔다. 공평하네. 이럴 때는 참 공평해.

송미영의 장례식장으로 향하던 이가경은 자신에게 혼인신고서를 제출했던 사람 중에 경조사 휴가 때문에 혼인신고를 결심했다고 말했던 사람이 떠올랐다. 오랜 연인의 아버지가 투병 중이시라고. 혹시나 돌아가신다면 장례를 치르는 연인 곁에 함께 있어주고 싶다고. 그 사람이 다니는 회사는 경조사 휴가가 5일이라고 했던가, 7일이라고 했던가. 복지가 참 좋은 회사네요, 말하면서 같이 웃었던 기억이 났다. 하지만 이제 아무 소용도 없다. 그 사람의 혼인신고는 무효가 되었다.

장례식장 로비는 각 호실마다 망자, 상주, 유가족의 이름을 적어둔 안내판이 있었다. 송미영의 빈소는 2호실, 고인의 이름만 적혀 있고 나머지는 비어 있었다. 송미영에겐 직계 가족이 없다. 부모님은 오래전 돌아가셨고, 자식도 없으니까. 오빠가 한 명 있지만 왕래가 끊긴 사이에 그도 죽었다고 들었다. 이가경은 사망신고 절차를 되새겼다. 상주는 법적인 구속력이 있는 것도 아니니 이순영이 해도 될 것이다. 하지만 사망신고는 무연고자가 아니라면 친족이 해야 한다. 사망신고서에는 신고자의 자격과 관계를 적는 칸이 있다. 친족의 범위는 배우자, 8촌 이내의 혈족, 4촌 이내의 인척이다. 이가경은 하주시청 가족관계팀에 일하며 사망신고 수백 건을 접수했다. 규정과 절차에 대해서라면 너무도 잘 알고 있었다. 그리고 이순영도, 송미영도 알았을 것이다. 그래서 더 혼인관계증명서가 필요했으리라. 거기까지 생각이 미치자 왈칵 눈물이 솟았다. 병원에서 마지막으로 보았던 송미영의 얼굴이 떠올랐다.

활짝 웃고 있는 송미영의 사진 앞에 상복을 입은 이순영이 앉아 있었다. 빈소가 차려진 지 얼마 되지 않아서 장례식장 직원들이 바쁘게 오갔다. 그 사이로 검은 양복을 입고 상주 완장을 찬 젊은 남자가 보였다. 그는 직원들이 내미는 서류에 서명을 하거나 어디론가 전화를 거는 등 분주했다.

"가경아."

이가경의 어깨를 짚은 사람은 아버지인 이진영이었다. 어머니인 심은미도 함께였다. 막 도착한 참이라고 했다. 빈소로 들어서지 못하고 머뭇거리는 세 사람을 향해 상주 완장을 찬 남자가 다가왔다.

"가족분들이신가요?"

이진영이 망설임 없이 대답했다.

"네, 가족입니다."

이진영은 송미영이 살아 있을 때 한 번도 그 말을 하지 못했다. 미영 누님, 우린 가족이에요. 누님들끼리만 가족인 게 아니에요. 두 사람만이 아니라 두 사람으로부터 우리가 전부 한 가족이 된 거예요. 그렇게 말할 수 있었더라면 얼마나 좋았을까. 울컥 치밀어 오르는 감정에 이진영의 눈시울이 붉어졌다. 이건 미안함일까. 그저 그것뿐일까. 그게 아니라는 걸 이진영은 알았다. 후회와 자책이었고, 그리움이었고, 고마움이었다. 그의 곁으로 이순영이 다가왔다. 그리고 가만히 그를 끌어안았다.

남매가 서로의 어깨에 기대어 소리 없이 눈물을 흘리는 동안, 심은미는 자신이 해야 할 일을 했다.

"고인과는 어떤 사이시죠?"

"조카입니다. 송준서라고 합니다."

송미영에게는 오빠가 한 명 있었다. 일찍 세상을 떠난 아버지 대신 어린 송미영을 돌봐주었던 다정한 오빠는 송미영을 좋은 남자와 결혼시키는 것이 자신의 의무라고 생각했다. 송미영이 이순영과 함께 부산으로 도망쳤을 때, 그는 주체할 수없이 화가 났다. 그 화가 송미영에 대한 걱정 때문이라고, 순진한 동생을 꼬드긴 불온한 여자애를 향한 경멸이라고 믿었다. 자신이 보호자로서 마땅히 해야 할 일을 하지 못하게 만든, 마음의 짐을 내려놓을 기회를 빼앗은 동생에 대한 원망과 분노라는 건 너무나 뒤늦게 깨달았다. 수십 년 동안 소식을 끊고 살았던 동생에게 늘 미안했다는 유언을 전한 건 그의 아들 송준서였다.

"고모가 말씀하셨어요. 언젠가 때가 되면, 네 아버지가 못한 일을 네가 대신해달라고."

그걸로 다 용서하겠다고. 송준서는 자신의 팔뚝에 감겨 있던 상주 완장을 풀어 심은미에게 내밀었다.

"경황이 없으신 것 같아 잠시 맡아둔 겁니다. 이걸 차고 있으면 확인해야 할 게 많더라고요. 이제 가족분들이 오셨으니 가보겠습니다. 필요하실 때 불러주세요."

그가 말한 '필요'를 이해한 이가경이 송준서의 연락처를 받았다. 심은미는 상주 완장을 이순영의 팔에 채워주었다.

장례식장에 들어선 도선미는 안내판에서 익숙한 이름들을

마주했다.

고인 송미영. 상주 이순영. 가족 이진영, 심은미, 이가경.

영정 사진 속 송미영은 행복해 보였다. 이순영이 찍어준 사진일 것이다. 도선미는 흰 국화 한 송이를 들고 기도했다. 마지막 순간, 송미영에게 남은 걱정이 없었기를. 그럴 수 있도록 자신이 조금이라도 도움이 되었기를.

"괜찮으세요?"

"내가 해야 할 말 아니야?"

도선미의 말에 이가경이 머쓱하게 웃었다.

"불문경고라더라."

도선미와 이가경은 잠시 서로의 눈을 바라보았다. 서로가 어떤 생각을 하는지 말하지 않아도 알 수 있었다. 처음 이가경이 도선미에게 계획을 말하고 함께하자고 제안했을 때로부터 어느덧 반년이 훌쩍 지났다. 겨울 끝자락에서 가을 초입에 이르기까지 101쌍의 부부가 자신들을 증명할 문서를 얻었다가, 잃었다. 망설이고, 두려워하고, 그럼에도 선택하고 결정했던 시간들. 그 모든 일이 끝났다. 이토록 허무하게. 고작 이렇게, 대단치 않게.

정말…… 이대로 끝내야 하는 걸까.

도선미와 이가경이 같은 마음으로 다시 입을 열려는 순간,

두 사람 모두가 잘 알고 있는 조문객이 빈소를 찾았다.

"팀장님?"

양기택 팀장과 그의 아내 최선주였다. 그리고 그들의 예상하지 못한 등장보다 도선미와 이가경을 더 놀라게 한 것은 이순영이 그들을 반갑게 맞이하는 모습이었다.

최선주와 송미영은 지역 봉사 단체에서 만났다. 독거노인들에게 도시락을 가져다주는 활동을 했다. 둘씩 조를 짜서 정해진 코스를 돌았는데, 신입인 최선주가 가장 베테랑인 송미영과 한 조가 되면서 가까워졌다. 외동으로 자라 주변의 자매들을 부러워했던 최선주는 송미영을 스스럼없이 언니라고 부르며 따랐다.

최선주는 봉사 활동이 없는 날에도 자주 송미영이 하는 수선집에 들러 수다를 떨었다. 남편 흉도 보고 자식 걱정도 털어놓았다. 나이가 들수록 섭섭해지기만 하는 친정 식구들에 대해서, 세월이 흘러도 도무지 정이 붙질 않는 시댁 어른들에 대해서, 늙음을 실감할 수밖에 없는 몸의 변화에 대해서 시시콜콜 떠들어댔다. 송미영은 최선주의 말에 맞장구를 칠 뿐 좀처럼 자신의 이야기를 하는 법이 없었다. 그렇다고 최선주를 귀찮아하거나 최선주의 말을 흘려듣지도 않았다. 최선주의 옷

솔기가 터지거나 단추가 달랑거리는 걸 발견하면 곧장 바늘을 들고 달라붙었다. 사람이 정이 많은 건 분명한데 은근히 쌀쌀맞다고 생각하면서도 최선주는 송미영이 좋았다. 언젠가는 꼭 속내를 듣고 말리라는 욕심도 생겼다.

최선주의 바람은 생각했던 것과는 다른 장면으로 찾아왔다. 무더운 여름날 호프집에서 생맥주 한 잔을 단숨에 마시고 알딸딸하게 취한 송미영, 단풍 구경을 하러 올라간 산 정상에서 멋진 경치를 바라보다 덤덤하게 입을 여는 송미영, 그간의 서운함을 토로하는 최선주에게 미안해하는 송미영⋯⋯. 그런 모습들을 상상했었다. 병실에 누워 수척해진 얼굴로 더는 감추지 못해 털어놓는 비밀 같은 것이 아니라. 최선주는 왜 송미영이 독거노인 중에서도 여성 노인, 특히 한 번도 결혼하지 않은 여성 노인에게 유독 마음을 썼는지 알게 되었다. 속 시원히 말하지 못하고 얼버무리기만 했던 이순영과의 관계에 대해서도. 송미영의 죽음을 앞두고서야.

"네가 나를 욕하고 떠날까 봐 무서웠어. 선주야, 나 네가 참 좋았다. 너를 정말 내 동생으로 생각했어."

최선주는 바보 같은 언니의 손을 잡았다. 왜 그런 쓸데없는 걱정을 했느냐고, 그동안 혼자서 얼마나 마음을 졸였느냐고, 하고 싶은 말은 많았지만 입을 열면 눈물이 쏟아질 것 같아서 그저 한참 동안 송미영의 손을 잡고 있기만 했다.

"팀장님은 다 알고 계셨어요? 그래서 덮어주려고 하셨던
거예요?"

양기택은 이가경의 질문에 고개를 저었다.

"알고 있었던 게 아니라 알게 된 거야."

아내와 친하게 지내던 언니에게 같이 사는 사람이 있다는
건 알았다. 그 사람의 조카가 하주시청에서 일하는 공무원이
라는 것도 들었다. 조카 이름이 어떻게 되느냐고, 자기가 아는
사람이냐고 묻기도 했지만 아내는 거기까지는 잘 모른다고 했
다. 그래서 잊고 있었다. 한참 뒤에 병문안을 다녀온 아내가 이
가경을 아느냐고 물었다. 같은 팀 막내 직원이라고 했더니 잘
해주라는 말을 몇 번이나 했다. 꼭 좀 챙겨주라고. 미영 언니랑
같이 사는 언니 조카라고.

같이 사는 언니라니? 양기택은 그전까지 당연히 송미영의
동거인이 남자일 거라고 생각했다. 결혼식도 혼인신고도 하
지 못하고 살림만 살 수밖에 없는, 복잡한 사연이 있는 남자라
고 짐작했기에 아내가 송미영과 어울리는 것이 영 못마땅했
다. 그런데 여자라니? 친언니는 아닌 듯하고, 친척인 건가? 양
기택의 상상력은 거기까지였다. 하주시청에서 혼인신고를 한

101쌍의 동성 부부에 대해, 그중 한 부부의 이름이 송미영과 이순영이라는 걸 알기 전까지는.

"가경이랑 선미, 너희들이 좋은 뜻으로 그런 일 했다는 건 알아. 그러니까 여기까지 하자. 내가 도와줄게."

어떻게 도와주실 건데요? 뭘 해주실 수 있는데요? 제가 진짜 원하는 게 뭔지 팀장님이 알기나 하세요? 이가경은 튀어나오려는 말을 삼켰다. 옆에 앉은 도선미의 손이 떨리고 있었다. 양기택이 도와줄 건 아무것도 없다. 그는 이 일이 무슨 일인지, 진짜를 알지 못하니까. 알려고도 하지 않을 테니까.

"죄송합니다."

도선미가 말했다. 그 순간 도선미의 말이 뜻하는 바를 양기택도 이가경도 알지 못했다.

조문객이 모두 돌아간 깊은 밤, 이가경은 이순영과 마주 앉았다. 실컷 울고 난 사람 특유의 말갛게 부은 얼굴을 하고서, 이순영이 이가경을 물끄러미 바라보았다.

"너랑 선미 씨를 병원으로 부른 날, 미영이가 유서를 보여줬어."

송미영의 유서는 간결했다.

나 송미영의 배우자는 이순영이다. 내가 죽은 뒤 모든 일을 이순영에게 맡긴다. 그것이 내가 바라는 전부다.

이순영은 그 문장들을 꼭꼭 씹어 삼키듯이 읽었다. 그리고 말했다. 네가 바라는 것이 내가 바라는 거야.

"슬퍼만 하고 있기엔 시간이 아깝잖아."

이순영과 송미영은 휴가 계획을 세우듯이 송미영의 사후에 대해 이야기했다. 송미영은 화장을 하고 싶다고 했고, 그 뒤엔 납골당에 안치하기보단 튼튼한 나무 곁에 뿌려지길 원했다. 이순영은 그렇게 하겠노라고 약속했다.

"그런데, 가경아. 난 좀 자신이 없네. 미영이를 태우는 것도, 뿌리는 것도."

이가경은 힘없이 웃는 자신의 고모를, 사랑하는 배우자를 잃은 슬픔에 빠진 한 사람을 와락 끌어안았다. 위로가 필요한 쪽은 이순영일 텐데, 오히려 이순영이 이가경의 등을 도닥였다.

한 사람이 다른 한 사람에게 서로가 함께하는 삶뿐만이 아니라 자신의 죽음 이후까지도 맡기겠다고 선택하는 건 어떤 마음일까. 이가경은 감히 그 마음에게 이야기하고 싶었다. 바라던 대로 이루어 주겠노라고. 하지만 그럴 수 없었다. 그럴 힘이 이가경에겐 없었다. 송미영의 죽음마저 이순영이 온전히 맡을 수 없다는 사실을 자신의 휴대폰에 등록된 송미영 조카의 휴대폰 번호가 알려주고 있었다. 그래서 분했다. 억울하고 화가 났다.

화가 나는구나.

화가 나서 그랬구나.

이가경은 새삼 생각했다. 자신의 화에 대해서. 그리고 깨달았다. 아주 오랫동안 화가 나 있었구나. 화가 난 채로 살고 있었던 거구나.

이순영과 송미영 이후로 100쌍의 혼인신고서를 접수하는 동안 이가경은 자주 상상했다. 그리운 얼굴들을 만나는 상상. 처음엔 서로를 알아보지 못하다가 불현듯 상대방의 이름이 떠올라 누가 먼저랄 것 없이 부르는 상상. 놀라고 반가운 마음에 쉽게 말을 잇지 못하다가 가만히 손을 잡아보는 상상. 하지만 그런 일은 상상 속에만 있었다. 현실에서 일어날 수 없는 일이라는 걸 알면서도 쓸쓸했다. 사라져버린 사람들. 그 사람들에게 해주지 못한 말. 보여주지 못한 세상. 이가경은 더 이상 후회를 반복하고 싶지 않았다. 자신이 해야만 한다고 생각하는 일을 떠올리자 자연스럽게 한 사람의 얼굴이 따라왔다.

도선미.

하주시청 문화예술과 이명수 과장은 인사팀으로부터 징계위원회 위원으로 선정되었다는 통보를 받고 귀찮은 일을 떠맡았다는 생각에 기분이 영 좋지 않았다. 다른 곳은 몰라도 하주시에서 징계위원이 하는 일이란 인사팀에서 작성한 질문지를 읊고 이미 정해진 결과대로 거수기 노릇을 하는 게 전부였다. 징계 대상자들은 징계위원에게 별다른 힘이 없다는 걸 알면서도 원망했다. 누군가에게 원망의 대상이 되는 건 당연히도 불편한 일이었다.

직원들에게는 관내 출장을 간다고 둘러대고서 회의실로 향했다. 30분마다 한 건씩 여덟 건이나 처리해야 했다. 도대체 어떤 놈들이 이렇게 사고를 치고 다니나. 공무원 망신은 다 시키는 놈들. 징계받아 마땅한 놈들일 텐데 굳이 회의까지 소집해야 하나. 투덜거리며 회의실로 들어가니 이명수처럼 불만스러운 표정을 한 징계위원들의 얼굴이 보였다. 죄다 아는 얼굴들이어서 눈짓으로 인사하며 명패를 찾아 자리에 앉았다.

위원장인 부시장이 상석에 자리하자 인사팀 최선미 팀장이 회의 시작을 알렸다. 첫 번째 안건은 상습적인 음주 운전으로 결국 면허 취소에 이른 직원에 대한 징계였다. 당사자는 눈물로 읍소했다. 술은 미워하되 사람은 미워하지 말아달라고 되도 않는 헛소리까지 했다. 이명수는 혀를 쯧쯧 차며 회의록을 넘겼다. 뒤에 이어질 안건들도 하나같이 가관이었다. 부당 이익 편취, 횡령, 동료 직원에 대한 성추행 건도 있었다. 신문 사회면의 기사를 읽듯 회의록을 훑어나가던 이명수의 눈에 익숙한 이름이 걸렸다. 그리고 차례가 되자 설마 했던 사람이 정말로 문을 열고 들어왔다.

"지방행정주사보 도선미, 본인 맞습니까?"

"네."

"하주시청 민원봉사과 가족관계팀 소속 맞습니까?"

"네."

"본인의 부주의로 2022년 3월부터 8월까지 총 101건의 행정 사무를 잘못 처리한 일이 있습니까?"

"아니오. 저는 저의 판단으로 여성과 여성의 혼인신고 101건을 접수하고 기록, 승인했습니다. 부주의가 아니었고, 잘못이라고 생각하지도 않습니다."

회의실 안이 술렁였다. 이명수가 질문할 차례였다. 잘못을 인정하고 반성합니까? 질문지에 적힌 문장은 이미 부정당했다. 도선미는 각본대로 할 생각이 없어 보였다.

"왜…… 그랬습니까?"

도선미가 고개를 돌려 이명수를 바라보았다. 이명수는 도선미가 그 질문을 기다려왔다는 걸 알 수 있었다.

"혼인신고서를 제출한 민원인들에게는 혼인이 불가한 사유가 없었습니다. 만 18세 이상의 성인이었고, 이미 혼인관계에 있지 않았으며, 8촌 이내의 혈족도 아니었습니다. 무엇보다 분명한 혼인 의사를 갖고 있었고, 모든 항목을 빠짐없이 자필로 작성한 혼인신고서를 제출했습니다. 그래서 접수했고, 기록했고, 승인했습니다."

결혼 의사가 합치할 것.

혼인 적령에 이를 것.

근친혼이 아닐 것.

중혼이 아닐 것.

혼인신고를 통해 법적인 부부의 지위를 얻기 전에 갖추어야 할 요건들에 대해 모르는 사람은 회의실 안에 한 명도 없었다. 그리고 그에 앞서 전제되어야 하는 것에 대해서도.

"말장난하지 마세요! 혼인은 남녀 간의 법적인 결합을 말하는 겁니다. 담당 공무원이 가장 기초적인 법령을 무시하다니!"

징계위원 한 명이 흥분한 목소리로 소리쳤다. 그 소리가 신호탄이 된 듯 여기저기서 날선 외침이 쏟아졌다.

"그걸 소명이라고 하는 겁니까!"

"불순한 의도가 있었다면 가중 징계 해야 합니다!"

그 소동 속에서도 도선미는 아무런 동요 없이 꼿꼿하게 앉아 있었다. 부시장이 책상을 두드렸다.

"다들 정숙하세요!"

짜증이 묻어난 목소리에 회의실 안은 조용해졌다. 부시장의 눈짓에 진행을 맡은 최선미가 얼른 입을 열었다.

"사건 경위와 당사자의 소명은 확인했으니 징계 수위를 결정하도록 하겠습니다. 당사자는 이만 퇴장해도 좋습니다."

도선미가 회의실을 빠져나가고, 위원들의 시선은 부시장에게로 향했다. 위원들의 발의와 의결은 형식적인 것일 뿐 징계수위는 인사권자인 부시장이 배정한 대로 결정될 것이기 때문이었다.

"불문경고."

예정대로라면 도선미가 평소에 얼마나 성실했는지 언급하고 문제가 된 문서들의 직권정정이 이미 끝났다는 점을 참작했다는 말이 덧붙어야 했다. 책임자인 가족관계팀 양기택 팀장에 대한 징계가 더 무거울 것이라는 것도. 하지만 부시장은 빨리 치워버리고 싶은 짐 덩어리가 눈앞에 있는 것처럼 손까지 내저으며 '불문경고'라는 단어 하나만 내뱉었다. 몇몇 위원들이 웅성거렸다. 반성의 기미가 없다, 또 문제를 저지를 수도 있다, 괘씸하다는 말이 이어졌다. 최선미가 다급하게 표결을 선언했다. 찬성하는 위원은 손을 들어달라는 말에 부시장이 가장 먼저 손을 들었고, 곧이어 다른 위원들의 손도 쭈뼛거리며 하나둘씩 올라왔다. 인사권자의 눈 밖에 날 정도로 용감한 선택을 할 사람은 회의실 안에 아무도 없었다.

징계 결과를 기다리는 사이, 정기 인사 발령이 있었다. 가족
관계팀은 정창민과 김도연을 남기고 흩어졌다. 양기택은 주민
센터로, 이가경은 보건소로, 도선미는 환경사업소 하수처리팀
으로 발령받았다.

하주시 공무원들 사이에는 소문이 파다하게 퍼졌다. 팀장
을 속이고 신규를 꼬드겨 일을 벌인 직원이 있다. 징계는 팀장
이 다 뒤집어썼고, 당사자는 징계위원회에 오히려 따지고 들
었다더라. 멀쩡한 팀을 다 망쳐놓고는 아무렇지 않게 얼굴을
들고 다닌다니 뻔뻔스럽기도 하지. 평소에도 어딘지 음흉스럽
게 느껴졌던, 다른 직원들을 무시하는 것이 훤히 보였던, 그 사
람이 누구인지 직원들은 다 안다…….

도선미는 자신을 힐긋거리는 시선과 냉랭한 분위기를 전
혀 느끼지 못하는 사람처럼 묵묵히 출퇴근을 반복하며 주어진
일을 해나갔다. 양기택이 팀장으로서 직원을 제대로 관리하지
못한 책임을 물어달라며 가중 징계를 자처했다는 소식은 이가
경에게서 들었다. 그가 아내에게 자랑스럽게 꺼내놓은 무용담
이 이순영에게까지 닿았던 것이다. 도선미와 이가경은 불문경
고, 양기택은 감봉 3개월. 그것이 최종 징계였다.

"승진 줄타기 안 하니까 오히려 속 편하다고, 정년퇴직하면 고향에 가서 사과 농사지을 거라고 하셨대요."

"팀장님은 농사지을 체력이 안 되실 텐데."

"그러게요. A4 용지 박스도 무겁다고 못 드시는 분인데."

도선미의 집은 이가경이 처음 방문했을 때보다 더 썰렁해진 모습이었다. 이가경은 도선미와 실없는 대화를 나누면서 틈틈이 집 안의 모습을 살폈다. 주말 아침에 갑자기 들이닥쳤는데도 지나치게 깨끗했다. 청결하게 관리한 것이 아니라 더럽힐 만한 생활을 하지 않았다는 게 티가 났다.

"언니, 정말 이대로 괜찮아요?"

이가경은 도선미가 아무런 의욕 없이 하루하루를 버티며 살아가는 모습에 마음이 아팠다. 공무원 도선미로서의 의무를 다할 뿐, 사람 도선미로서는 그 어떤 즐거움도 누리지 않으려는 듯이 보였다.

"결국 아무것도 바꾸지 못했어. 이전까지와 다른 길을 가면, 그리고 그렇게 했다는 걸 기록으로 남기면 뭔가가 달라질 줄 알았는데, 다 착각이었나 봐. 너하고 팀장님께 너무 미안해. 욕심내지 않고 처음에 네가 말했던 것처럼 딱 한 번만, 고모님들의 혼인신고만 처리했다면 이렇게까지 되진 않았을 텐데……."

그리고 어쩌면, 이순영과 송미영에게 조금 더 시간을 줄 수 있었을 텐데. 부부로서의 시간을.

도선미는 울음이 북받쳐 잠시 숨을 골랐다. 혼인신고서를 제출하기 위해 하주시청을 찾았던 100쌍의 여자들, 그 부부들의 얼굴이 하나둘 떠올랐다. 그들의 얼굴 위로 나타났던 진실한 감정. 의심, 불안, 놀람, 설렘, 기쁨, 감동, 고마움…… 그리고 사랑. 그들에게 전부 사과할 수 있을까. 자신에게 그럴 자격이 있는지 확신할 수 없었다.

이가경에게 말하지 못한 게 또 있었다. 징계보다 소문보다 도선미를 더 괴롭히는 건 이따금 들려오는 동정 어린 말이라는 걸. 세상 물정 모르는 순진한 공무원이 이상한 사람들에게 속아 이용당했다고, 얼마나 안된 일이냐고, 그렇지 않고서야 돈을 받은 것도 아니고 아는 사이도 아니었다는데 왜 그런 일을 벌였겠느냐고. 힘내라며 익명으로 떡을 보내는 직원도 있었다. 차마 어디에 나눠주지도 못하고 집으로 가져온 떡이 고스란히 냉동실에 쌓여 있었다. 그 떡처럼 마음속에 쌓인 짐은 기어코 솔직하게 이야기하지 못한 자신에게 주어진 합당한 벌이라고 생각했다.

"후회해."

도선미의 말은 이가경이 대꾸할 틈을 주지 않고 이어졌다.

"징계위원들 앞에서 똑바로 말하지 못한 거 후회해. 혼인 요건 같은 건 따지지도 않았다고, 그 사람들이 부부가 아닐 이유가 없다고 판단해서가 아니라 부부가 되길 바랐기 때문이었다고 말했어야 했는데. 나랑 같은 사람들이라서. 아니, 나도 그 사람들과 같은 사람이라서 그랬다고. 그럴 수밖에 없었다고."

"아직 늦지 않았어요."

이가경이 도선미에게 손수건을 내밀었다. 그리고 제 눈가의 눈물은 옷소매로 훔쳤다.

"아직 징계받고 30일 안 지났잖아요. 소청 제기도 하고 행정소송도 해요. 우린 잘못하지 않았어요. 오히려 잘못된 걸 바로잡으려고 했던 거잖아요. 그러니까 우리가 했던 일을 후회하지 않는다는 걸 보여주자고요. 언니만 괜찮다면 전 준비되어 있어요."

도선미는 역시 이가경이 자신보다 훨씬 더 용감한 사람이라고 생각했다. 처음 이 집에서 자신에게 계획을 이야기하던 이가경의 모습이 떠올랐다. 도선미가 필요하다고 했었지만, 아마 도선미를 만나지 않았더라면 이가경은 분명 다른 방법을 찾았으리라. 그리고 일을 이렇게 복잡하게 만들지도 않았을 것이다. 또 지금처럼 자신을 배려할 필요도 없었을 텐데.

"미안해."

"그런 말 들으려고 온 거 아니에요."

이가경은 그때처럼 도선미의 눈을 똑바로 바라보았다.

"도선미 주사님, 우리는 알잖아요. 우리가 하고 싶은 일이 어떤 일인지."

7

도선미, 이가경, 그리고 당신

일주일. 소청 제기 기한까지는 일주일이 남아 있었다. 도선미는 매일 아침 눈을 뜰 때마다 다른 선택을 했다.

어떤 날은 정말로 투사가 되어버리고 싶었다. 언젠가 들었던 말처럼 수많은 카메라 앞에서 인터뷰할 결심도 했다. 그러다 다음 날이 되면 아무도 모르는 곳으로 숨을 생각만 했다. 햇볕이 강하게 내리쬐는 곳으로 걸어가 그대로 증발되어 버리면 얼마나 좋을까.

하루는 당장 의원면직을 하고 다 잊어버리고 살자 싶다가도, 결국은 자신이 한 일에 책임을 져야 한다고 스스로를 채찍질했다. 적어도 양기택의 감봉 기간만큼은, 정창민과 김도연에게 '그 팀' 출신이라는 꼬리표가 사라질 때까지는 도망치지 말고 버텨야 한다고. 그리고 소문의 주인공은 끝까지 자신이 되어야 한다고 생각했다. 이가경이 아니라, 도선미. 이 모든 일의 주동자이자 책임자는 도선미여야 했다.

마지막 하루가 남았을 때, 도선미의 휴대폰에 낯선 번호가 떴다. 어떻게 알았는지 전화를 걸어오던 기자들도 이제 더는 없었지만, 낯선 번호의 전화는 받지 않는 것이 당연한 일이 되어버렸다. 그런데 이상하게도 그 전화는 받아야 할 것만 같았다.

"언니?"

짧은 한마디만으로 충분했다. 도선미는 받아들이기로 했다. 자신이 앞으로 해야 할 일을. 이미 예전에 선택했으나 똑바로 바라보지 못하고 외면하고 있었던 자신의 진짜 결정을. 온 세상이 아니라 딱 한 사람, 그 사람 앞에서 기어코 솔직해지고 싶은 한순간이 있었다는 걸.

"은경아, 나 좀 만나줘."

"나랑 결혼해줘서 고마워."

어느 밤에 송미영이 말했다. 이순영은 곤히 잠들어 있었다.

두 사람은 두 번의 결혼식을 올렸다. 처음은 고등학교를 졸업하고 함께 도망쳤던 부산에서, 두 번째는 다시 만나 같이 살게 된 하주에서.

첫 번째 결혼식은 용기를 내고 싶어서 했다. 겨우 도달한 둘의 공간, 그 좁은 방 한구석에서, 맑은 물 한 그릇 떠놓고 촛불을 밝혔다. 성혼 선언 대신 번갈아 사랑한다고 말할 때는 누가 먼저랄 것 없이 눈물이 나왔다. 떨리는 목소리로 서로의 이름을 부르고 매달리듯 끌어안았다. 그렇게 서로를 붙잡지 않으면 당장에 닥쳐올 날들이 너무도 두려웠다.

그다음 결혼식은 달랐다. 세월이 흘러도 마음속 두려움은 사라지지 않았지만 그래도 둘에게 내일이란 서로가 있어 기대되는 이야기가 되었다. 그 이야기의 시작점을 찍고 싶었다. 아침 일찍 일어나 두 사람이 모두 좋아하는 반찬으로 상을 차려 식사를 했다. 송미영이 직접 만든 커플 한복을 입고 사진관에 가서 사진을 찍었다. 이순영이 운전하는 차를 타고 신혼여행이라며 바닷가도 다녀왔다. 여행지에서 하루 머물고 집으로 돌아오는 길, 차가 집 앞 골목에 접어들자 기분 좋은 피로와 안도감이 느껴졌다.

송미영은 곰곰이 생각했다. 두 번 모두 둘만의 결혼식이었다. 한 번은 울었고 한 번은 웃었다. 그래도 모두 행복했다. 청첩장도, 예식장도, 하객 한 명 없어도. 둘이는 분명히 알고 있었으니까. 우리가 결혼이라 부르면 결혼이라는 걸. 상대의 배우자가 되기를 선택하고, 기꺼이 삶의 궤적을 겹친 채 살아가기로 한 서로의 다짐을 의심하지 않았으니까.

그래도 조금 아쉽기는 했다. 송미영은 다른 결혼식을 알고 있었다. 평범한 결혼식. 남들이 다 하는 결혼식. 친지들이 한마디씩 끼어들어 훈수를 두는 결혼식. 초대받지 못한 친구는 서운해하는 결혼식. 축의금 봉투와 피로연장의 식권이 교환되고, 지루한 주례사와 단체 사진 촬영이 있는 결혼식. 틀로 찍어낸 듯이 너무나 뻔해서 공장식이라고도 부르는 결혼식. 결혼한 두 사람뿐만 아니라 다른 사람들도 다 아는 결혼식.

송미영은 그런 결혼식을 한 적이 있다. 돌아가신 아버지 대신 오빠의 손을 잡고 신부 입장을 했고, 무서워서 눈도 똑바로 마주치지 못하는 남자와 팔짱을 꼈다. 그 남자의 어머니가 고른 웨딩드레스는 불편했다. 식이 시작되기 전 신부 대기실에서부터 식이 끝난 뒤의 피로연장까지 다 기억하기도 힘들 만큼 수많은 사람들이 축하한다고 말을 걸어왔다. 그날 자신의 마음은 어땠었나. 하나도 기억나지 않았다. 티끌만큼도 떠오르지 않았다. 어쩌면 그때 자신은 마음이 없는 사람이었을지도 몰랐다.

만약 그 결혼식장에 나란히 서 있던 사람이 이순영이라면 어땠을까. 어딘가에 그런 세상이 있다면. 지금 이 세상과 모든 것이 똑같은데 딱 하나만 다른 세상. 성별에 상관없이 사랑하는 사람과 결혼해 사는 것이 특별하지 않은 세상. 그곳에 사는 송미영과 이순영은 가족과 친구들의 축복 속에 성대한 결혼식을 올리겠지. 쏟아지는 박수를 받으며 입을 맞추고, 꽃가루를 맞으며 행진할 것이다.

그리고 혼인신고를 하고, 부부로서 살아가겠지.

송미영이 베개 밑에 손을 밀어 넣자 한 장의 종이가 만져졌다. 이순영과 자신의 이름이 적힌 혼인관계증명서는 언제든 송미영을 미소 짓게 했다.

감히 꿈도 꾸지 않았었다. 오며 가며 수없이 얼굴을 마주하는 이웃에게도, 친동생처럼 여기는 친구에게도 털어놓지 못하는, 평생 가져갈 비밀이라고 여겼다. 이제 더 이상 문을 부수고 쳐들어올 사람은 없다는 걸 알면서도 송미영은 매일 밤 잠들기 전 강박적으로 문단속을 했다. 여러 개의 잠금장치로 꼭꼭 걸어 잠근 현관문을 확인하고 뒤돌아서서 집 안을 바라볼 때면, 익숙한 아늑함에 안심이 되면서도 그 아늑함이 바로 거기에만 있다는 사실이 사무치게 억울하기도 했다. 나의 시간, 나의 삶, 나의 행복, 나의 사랑이 오로지 이곳에만 있구나. 참으로 안쓰럽구나.

하지만 이제는 아니다. 송미영은 혼인관계증명서를 꺼냈다. 어두워서 글자를 읽을 수 없었지만 상관없었다. 아무런 효력이 없는 문서가 되어버렸다는 사실도 중요하지 않았다. 지금 여기에 분명하게 존재하는 실체라는 건 변하지 않았다. 자신의 손에 들린 것은 사랑하는 사람과의 혼인관계증명서였고, 누구도 송미영에게서 그 사실을 빼앗아갈 수 없었다.

"사랑해."

이순영이 꿈을 꾸는지 작게 웅얼거리는 소리가 들렸다. 송미영은 혼인관계증명서의 뒷면에 짧은 유서를 썼다.

"나랑 결혼하자."

도선미는 마침내 그 말을 했다. 채은경이 대답 대신 가만히 도선미를 바라보았다. 그 부드러운 눈빛이 마치 늘 곁에 있었던 것처럼 익숙해서 도선미는 하마터면 해야 할 말을 잊어버릴 뻔했다. 하지만 그럴 수는 없었다.

언제나 말하고 싶었다. 같이 밥을 먹을 때, 편식하는 습관이 있는 채은경이 접시 한쪽에 볶은 양파나 삶은 콩을 골라둔 것을 보면서. 거리를 걷다가 쇼윈도에 진열된 물건을 채은경에게 사주고 싶다는 생각이 들 때마다. 비가 오는 날에는 채은경이 자주 쓰는 우산의 살 하나가 휜 것이 마음에 걸려서, 맑은 날에는 하늘에 떠가는 구름의 모양이 채은경이 좋아하는 동물을 닮아서. 그렇게 살면서 마주할 모든 순간에 당연하게 채은경을 떠올릴 것 같다고 깨달을 때마다. 그런 자신이 좋다고, 앞으로도 그렇게 살고 싶다고, 그 생각과 마음을 고백하고 싶었다. 그런데 좀처럼 적절한 표현이 떠오르지 않았다.

그저 사랑한다는 말로는 부족했다. 사랑은 이미 도선미의 상태이자 현상이었고, 도선미가 채은경에게 전하고 싶은 건 그로 인한 의지와 행동이었다. 너를 사랑해서 너와 살아가고 싶다는 말을 가장 단순하고 정확하게 전하고 싶었다. 그럴 때 어떤 연인들은 상대에게 결혼하자고 말하기도 한다는 건 잘 알았다. 감동적인 편지를 쓰고, 근사한 장소와 꽃다발을 준비하고, 무릎을 꿇고, 반지를 건네고……. 그런 이벤트를 하지 못할 것도 없었다. 하지만 그저 이벤트로 그칠 일을 하고 싶진 않았다.

"우리가 하는 결혼이 진짜 결혼이 될 수 없다고 생각했어. 혼인신고도 하지 못하고, 법적인 배우자가 될 수도 없는데, 결혼하자고 말하는 건 그냥 사랑한다는 말의 다른 표현일 뿐인 것 같아서. 괜히 지는 것 같았어. 비참해질 것 같아서 무서웠어. 그런데 내가 잘못 생각했어. 사랑한다는 말을 다른 표현으로 하면 좀 어때. 혼인신고 따위 못 하면 어때. 지금 내가 하고 싶은 말이 그것밖에 생각나지 않는데."

도선미는 자리에서 일어섰다. 그리고 맞은편에 앉은 채은경에게 다가가 몸을 낮췄다. 카페 안의 다른 손님들이 전혀 신경 쓰이지 않았다. 오로지 자신의 심장이 세차게 뛰는 것만이 느껴졌다.

"나랑 결혼하자, 은경아."

"언니……."

채은경이 도선미의 손을 잡고 일으켜 세웠다. 너무 늦은 걸까? 정말 바보처럼 다 놓쳐버린 걸까? 도선미는 차마 울지도 못하고 채은경과 눈을 맞췄다.

"이거 무효야. 내가 예전에 어떤 프러포즈 받고 싶다고 했는지 다 잊어버렸어?"

얼떨떨한 표정으로 선 도선미에게 채은경이 쪽 소리 나게 입을 맞췄다.

"다시 해. 제대로 꼭. 알았지?"

연말을 맞은 하주시청 직원들은 해가 바뀌기 전에 처리해야 할 업무들로 눈코 뜰 새 없이 바빴다. 민원봉사과 가족관계팀 정창민과 김도연도 마찬가지였다. 양기택의 후임으로 새롭게 발령받은 팀장은 정창민을 이가경이 앉던 창구로 배치했고, 때문에 정창민과 김도연은 옆자리에 앉아 매일 티격태격하며 지냈다.

"아, 진짜! 창민 주사님! 호출 빨리빨리 좀 하세요! 대기 번호 밀려 있는 거 안 보이세요?"

"아니, 나는 차근차근 꼼꼼하게 처리하려고 하는 거지."

"농땡이 치는 거 다 티 나거든요? 완전 짜증 나요!"

"아이, 알았어, 알았다고."

정창민이 마지못해 대기 번호 호출기의 버튼을 눌렀다. 주로 잔소리와 타박이긴 해도 정창민에게 먼저 말을 걸어주는 직원은 이제 하주시청에 김도연 한 명뿐이었다. 팀에서 다루는 문서가 101건이나 직권정정되는 사건이 벌어졌는데도 그 정황조차 제대로 알지 못하는 정창민의 태만과 무능은 이미 직원들 사이에 소문이 자자했다.

"창민이는 아직도 게으름 피우는구먼?"

"팀장님! 어쩐 일이세요?"

놀라는 정창민을 향해 양기택이 번호표를 내밀며 씨익 웃었다.

"오늘은 민원인으로 왔다."

"네? 민원이라면……."

양기택 나이에 변동되는 가족관계란 축하할 일은 아닌 경우가 많았다. 늦둥이 자식의 출생신고라는 극히 드문 경우를 제외한다면야 이혼 아니면 사망일 텐데……. 정창민이 머릿속에 떠오르는 생각을 숨기지 못하는 표정을 짓자 양기택이 하하하 소리 내어 웃었다.

"주인공은 내가 아니라 이쪽."

"선미 언니! 가경아!"

정창민보다 먼저 도선미와 이가경을 발견한 김도연이 반갑게 손을 흔들었다. 도선미가 정창민의 창구에 한 장의 서류를 내밀었다. 혼인신고서였다.

"설마, 도선미 너랑 이가경이?"

"아니거든요. 저는 증인인데요. 서류 좀 제대로 보시죠."

이가경은 괜히 더 샐쭉한 목소리로 쏘아붙였다. 미국에 있는 채은경의 연락처를 수소문해 'H시 공무원 ㄷ 씨'의 뉴스 기사를 보내는 오지랖을 부린 게 아직도 조금 후회가 되는 터였다. 그렇다고 곧바로 귀국할 줄이야, 게다가 재결합에 이어 결혼까지 할 줄이야. 이가경의 원통한 마음을 알 리 없는 도선미가 한심하다는 표정으로 정창민을 바라보며 자신과 채은경의 신분증을 내밀었다.

"한 사람만 와도 신분증 둘 다 있으면 되지?"

"어, 그렇지. 그렇긴 한데……."

우물쭈물하는 정창민을 향해 양기택이 말했다.

"뭐 해? 얼른 접수해. 아직도 절차를 모르나?"

아무리 정창민이어도 혼인신고 절차는 제대로 알고 있었다. 그 사건 뒤로 가정법원에서 관할 지역의 담당 공무원들을 모아서 집중 교육까지 했으니까.

"우리 가경이가 했으면 벌써 끝내고 나가서 커피 한잔했을 텐데, 창민이는 손이 영 느리구먼."

"그러게요, 팀장님."

"그리고 내가 있었으면 우리 선미 혼인신고서는 딱! 특급으로다가 얼른 승인했을 텐데 말이야. 아깝네, 아까워."

징계를 받고서도 위험한 말을 내뱉는 양기택의 넉살에 창구 쪽으로 촉각을 곤두세우고 있던 몇몇 직원들이 놀라서 몸을 움찔거렸다. 그사이 정창민은 혼인 당사자로 도선미와 채은경, 증인으로 이가경과 양기택의 인적사항이 적힌 혼인신고서의 입력을 마쳤다.

"뭐 해?"

"응?"

"얼른 줘, 불수리통지서. 나 바쁘거든."

도선미와 이가경, 양기택이 시청 건물 밖으로 나오자 요란한 셔터 소리와 함께 사방에서 플래시가 터졌다. 기자들을 마주한 채 기다리고 있던 이순영이 머리 위로 크게 손을 흔들었다. 도선미는 지난밤 채은경과 나누었던 대화를 떠올렸다.

"언니가 용기 있는 사람이라고 믿지 못해서 미안해."

"나도 몰랐는걸, 내가 이런 사람이 될 수 있는지. 다 네 덕분이야."

"내일 같이 가야 하는데 못 가는 것도 미안해."

"괜찮아. 혼자 혼인신고 하는 사람도 많아. 다들 그렇게 해, 별일 아니야. 첫 출근 잘하고, 퇴근하고 돌아오면 우리 집에 내가 있을 거야."

도선미는 망설이지 않고 걸어가 이순영 옆에 나란히 섰다. 반대편에는 이가경이, 한 걸음 뒤에는 양기택이 자리했다. 기자들 틈에서 누군가가 테이프로 묶은 마이크 뭉치를 내밀었다. 도선미가 그 마이크를 받아들었다.

"저에게 투사가 되고 싶으냐고 말씀하신 분이 있습니다. 하주시청에 기자들을 불러놓고 연설을 하고 싶으냐고, 그렇다면 공직을 버린 뒤에 하고 싶은 대로 하라고 하셨죠. 정말 그렇게 할까도 생각했습니다. 하지만 저는 오늘 저의 모든 것을 걸고 말하기로 했습니다. 지방직 7급 공무원, 하주시 지방행정주사보 도선미이자 혼인신고 불수리통지를 받은 한 사람의 국민으로서 부당한 행정절차에 대한 행정소송을 제기할 것입니다. 저 도선미는 공무원으로서 동성 부부 101쌍의 혼인신고를 수리했다는 사유로 받은 징계에 불복합니다. 또한 한 사람의 국민으로서 제가 제출한 사랑하는 사람과의 혼인신고서가 불수리된 것에 항의합니다."

도선미의 말이 끝나자 여기저기서 질문이 쏟아졌다. 지난 며칠 동안 이가경이 대한민국의 모든 방송국과 신문사에 전화를 걸고 메일을 보냈기 때문에 많은 기자들이 모일 수 있었다. 그리고 또 다른 사람들도. 도선미가 기자들의 질문에 대답하는 대신 이가경에게 마이크를 넘겼다.

"하주시 지방행정서기보 이가경입니다. 저 역시 같은 사유로 받은 징계에 불복합니다. 또한 옆에 계신 이순영 님과 배우자 송미영 님의 혼인신고가 직권정정으로 무효가 된 것도 인정할 수 없습니다. 이에 대한 행정소송을 제기하겠습니다."

이가경의 말이 끝나자 이순영이 도선미와 이가경의 손을 잡았다. 그리고 두 팔을 하늘을 향해 치켜들었다. 도선미와 이가경도 나머지 팔을 들어 올렸다. 이미 승리한 사람처럼.

"우리는 결혼했다!"

"우리는 부부다!"

"우리의 결혼을 축하합니다!"

여기저기서 종이 폭죽이 터졌다. 환호성이 울렸다. 벌써 소송의 결과가 나온 것 같은 박수갈채, 기쁘게 이어지는 세리머니. 도선미는 그들을 알아보았다. 하주시청으로 혼인신고서를 제출하기 위해 찾아왔던 100쌍의 부부들. 그 얼굴을 기억해서가 아니라 얼굴 위에 드러났던 감정을 기억하기에 알아볼 수 있었다.

사랑.

작가의 말

언제나 그렇듯이, 나에게 필요한 이야기를 내가 쓸 수 있는 방식으로 썼다.

2021년에 떠올린 이야기를 2023년에 마무리할 때까지 애정 어린 응원을 보내주신 곽선희 편집자님과 위즈덤하우스 스토리독자팀에 감사드린다.

자료 조사에 도움을 준 여러 공무원 친구들에게 우정의 인사를, 빛나는 용기로 다른 내일을 상상하게 해준 대한민국의 동성 부부들에게 존경의 마음을 전하고 싶다.

이 소설은 지금 대한민국의 현실을 바탕으로 썼지만, 소설 속 법령과 행정절차는 사실과 다를 수 있다는 점을 밝혀둔다.

누구보다 간절히 바라면서도 자신이 바라는 것이 무엇인지 말로 내뱉기 전엔 알지 못했던 도선미처럼, 나도 이 소설을 끝까지 쓰고 나서야 내가 무엇을 쓰고 싶었는지 제대로 알게 되었다.

이 소설은 온 세상과 이 소설을 읽는 단 한 사람에게 바치는 나의 프러포즈다.

부디 받아주시길.

2023년 3월 25일, 초고를 완성한 밤에

조우리

오늘의 세리머니

초판 1쇄 인쇄 2023년 4월 25일
초판 1쇄 발행 2023년 5월 3일

지은이 조우리
펴낸이 이승현

출판2 본부장 박태근
스토리 독자 팀장 김소연
편집 곽선희
디자인 함지현
일러스트 이민진

펴낸곳 ㈜위즈덤하우스   **출판등록** 2000년 5월 23일 제13-1071호
주소 서울특별시 마포구 양화로 19 합정오피스빌딩 17층
전화 02) 2179-5600   **홈페이지** www.wisdomhouse.co.kr

ⓒ 조우리, 2023

ISBN 979-11-6812-551-3 03810